Der Nachtrabe im Burgwald

Kurt Völk

Der Nachtrabe im Burgwald und weitere Geschichten aus einer anderen Wirklichkeit

Wartberg Verlag

Alle Zeichnungen von Otto Ubbelohde

1. Auflage 1994
Alle Rechte vorbehalten, auch die des auszugsweisen Nachdrucks
und der fotomechanischen Wiedergabe
© Wartberg Verlag Peter Wieden
34281 Gudensberg-Gleichen
Im Wiesental 1, Tel. 05603/4451
ISBN 3-925277-92-7

Inhalt

	Seite
Vorwort	7
Wie der Treisbacher Hannes verheiratet werden sollte	8
Mellnauer Kuckuck	15
Wie einer durchs Essen in Kassel Karriere machte	16
Der Menschenfreund	20
Vom Ursprung der Familie Wolf	24
Wie der Ochs zu seinem Namen kam	28
Wie der Bauer Ochs die Burgwaldriesen bezwang	30
Sind Wichtel einem Menschen hold, so schenken sie ihm blankes Gold	34
Sind Wichtel einem Menschen gram, ersäufen sie ihn in der Lahn	36
Warum die Wichtelmännchen die Wichtelhäuser verließen	39
Interview mit einem Buzemannexperten	44
Ein Buzemann im Lehrerhaus	49
Schlimm macht Jagd auf Buzemann	50
Wie Buzemann Schlimm vom Saufen kurierte	52
Huckebär	55
Hatz die Katz	59

Die Jungfrau auf dem Katzenstein 61

Kennt Ihr den Nachtraben? 63

Von einem, der den Nachtraben kennenlernen
wollte 65

Was das Hessenland Klingelhöfers Jettchen
verdankt 67

Hexen 70

Aufklärung 71

Die Rache des fahrenden Weibes 78

Teufelsleiter 81

Der Teufel und der Kaufmann 84

Woran Menschen glauben 87

Der Böttchergeselle und die Wasserweiber 89

Wie Nixen einen ungetreuen Ehemann kurierten 92

Warnung vor den Wasserböcken 96

Der Goldvogel vom Vogelsberg 97

Wie Sauerjohann durch den Goldvogel seine Freiheit
wiedererlangte 98

Wie der Schorsch aus Schlitz dem Weigand den
Goldvogel verkaufte 101

Schatzsuche 106

Wer teilt schon gern? 108

Lichtzeichen 111

Vorwort

Die Sammlung meiner Geschichten ist eine Liebeserklärung an die Landschaft, der ich mich heimatlich verbunden fühle.

Die eindrucksstärksten und freundlichsten Erinnerungsbilder meiner Kindheit haben dieses liebliche, märchendurchflutete Land als Kulisse.

Dort haben meine Vorfahren als Bauern das Land gepflügt, als Schäfer die Herden getrieben, als Förster das Wild gehegt und den Wald gepflegt. Sie haben Kirchen gebaut, Glocken gegossen, von der Kanzel gepredigt und in den Schulen gelehrt. Sie übten das Handwerk, trieben Handel, führten Fuhrwerke hinaus in die Welt, verwalteten und regierten das Land.

Sie wohnten in den Hütten im Tal, den Handelshäusern in den Städten und in den Burgen auf den Bergen. Vielen sang das Mühlenrad ihr Wiegenlied.

Wer den Spuren des Blutes folgt und die Geschichte seiner Vorfahren erforscht, wird erkennen, daß alle, die vom selben Stamme sind, auch Blutsgemeinschaft haben.

So gehören auch alle in diesem Buche namentlich erwähnten Familien zu meiner Ahnenschaft, die Kahler und die Klingelhöfer, die Brand und die Noll, wie die Ochs, die Wolf und die Agricola.

Was ich geschrieben habe, ist erhorcht, erlebt, erfahren und erdacht. Das Geschehen gleitet zwischen Tag und Traum von der Wirklichkeit, die um uns ist, in eine Wirklichkeit, die in uns ist.

Wie der Treisbacher Hannes verheiratet werden sollte

Hannes, ein junger Bursche aus Treisbach im Marburger Land, eines reichen Bauern Sohn, liebte Kathrin, die Dienstmagd, die bei seinem Vater im Dienst stand. Er hatte versprochen, sie zur Frau zu nehmen, und so war sie seine Liebste geworden.

Der Bursche war ehrlich und treu. Alle Welt schätzt diese Tugenden, aber hält die, welche sie üben, für rechte Deppen. Und so sagte man von ihm, er sei ein guter Junge, meinte aber, er sei ein einfältiger Tropf.

Das glaubte auch sein Vater. Denn als der meinte, sein Sohn sei alt genug, sich ein Mädchen zu suchen, um zu freien, war Hannes recht froh und sagte, er habe die längst gefunden, die er freien wolle, er habe Kathrin, der Dienstmagd, sein Wort gegeben.

Da brach ein rechtes Donnerwetter über den armen Hannes herein. Wenn er schon so dumm sei, einem Mädchen die Ehe zu versprechen, das nicht mehr besäße als das Hemd, das es auf dem Leibe trage, dann müsse er wenigstens so klug sein, sein Versprechen nicht zu halten. Ihm jedenfalls käme keine Schwiegertochter ins Haus, die ihre Aussteuer im Taschentuch einbringen könne.

Als er sich ausgetobt hatte, wollte er aber doch wissen, wie Hannes darauf verfallen sei, einer gewöhnlichen Dienstmagd sein Wort zu geben.

„Ei, Vater," sagte er,„schaut sie Euch nur recht an! Sie ist so schön wie der junge Morgen."

Da schnappte der Alte nach Luft. Wann hatte je ein rechter Bauer die Schönheit gefreit und nicht Äcker und Kühe?

Mitleidig schaute er seinen Hannes an und sagte:„Aus einem schönen Dippen ißt man sich nicht satt, und damit Du es gleich weißt, ich habe auch schon längst eine gefunden, die zu Dir paßt. Du freist meines Vetters Sophie!"

Das wäre nun freilich eine Partie gewesen. Für Sophies Aussteuer hätte kein Heuwagen gereicht. Außerdem war ihr einziger Bruder deppert. Es war keine Gefahr, daß er heiraten und Leibeserben bekommen würde.

Was macht es da schon aus, wenn ein Mädchen fett wie ein Kreppel ist, Beine wie Butterfässer und eine Stimme wie ein scheppernder Blecheimer hat.

Es half kein Aufbegehren. Der Vater hat zu entscheiden. Der Sohn muß gehorchen.

Aber der Bauer hatte seine Rechnung ohne Kathrin gemacht. Die war nicht nur schön, sondern sie hatte auch einen klugen Kopf. Sie trichterte ihrem Hannes ein, wie er sich zu verhalten habe. Und der war auch nicht so dumm, wie er die anderen glauben ließ.

Gefeiert würde am besten nach der Ernte, meinte sein Vater. An einem Sonntag im Herbst machten sich der Bauer und sein Sohn auf die Beine, um beim Vetter des Bauern den Freiersantrag vorzubringen.

Dort war die gute Stube auf Hochglanz gebracht, ganz zufällig hatte man ein Schwein geschlachtet, Zwetschenkuchen gebacken und eine Kiste vom besten Roten aus Marburg kommen lassen.

Ehe Vater oder Sohn ein Wort hervorbringen konnten, sagte der wohlbeleibte Vetter, voll sichtlichen Wohlbehagens den starken künftigen Schwiegersohn musternd:,,So, so, Ihr wollt mein Sophiechen freien."

,,Nein, nein!" wehrte Hannes ab.,,Ich will nicht! Wirklich nicht! Mein Vater will, daß ich Euer Sophiechen freie."

,,Na, ja," sagte der dicke Vetter, und es war ihm anzumerken, daß er sich nicht gerade freute.,,Die Schönste ist sie nicht, das will ich nicht behaupten."

,,Da habt Ihr recht," sagte Hannes,,,das sagt sogar mein Vater, aber er meint: aus einem schönen Dippen ißt man sich nicht satt."

Das machte den Vetter nun doch ärgerlich. Aber selbstbewußt antwortete er mit der alten Volksweisheit:,,Geld und Gut verschönen jedes Mädchen.",,Ja, nicht nur die Mädchen," sagte Hannes.,,da kann ich unseren Hof renovieren lassen, hübsche junge Mägde in Dienst halten, eine neue Scheuer bauen, und wenn ich dann Deinen Hof auch noch dazu bekomme..."

Rot vor Zorn schrie der Vetter:,,Was sagst Du? Meinen Hof willst Du auch noch dazubekommen? Du vergißt, daß ich selber einen Sohn habe!"

,,Nein, nein, das vergesse ich schon nicht," fuhr Hannes unbeeindruckt fort,,,aber mein Vater sagt, Dein Sohn sei deppert, es sei keine Gefahr, daß er heiraten und Leibeserben bekommen könne. Wem willst Du den Hof denn anders vermachen als mir?"

,,Ich lebe noch!" schrie der Vetter,,,schau mich nur an, ich lebe noch!"

,,Aber nicht mehr lange, sagt mein Vater," fuhr Hannes fort, ,,Du bist so fett und frißt so viel, bewegst Dich wenig und säufst allweil vom Roten, da trifft Dich bald der Schlag, sagt mein Vater."

Da hätte den Vetter wirklich bald der Schlag getroffen. Seine Stirnesader schwoll, und außer sich vor Wut schrie er: ,,Raus mit Euch! Raus! Raus! Raus! Ich will Euch nicht mehr sehen. Es ist aus mit der Freierei! Mein Sophiechen kriegt Ihr nun und nimmer nicht!"

Da fiel dem Hannes ein Stein vom Herzen. Und als er sah, daß sein Vater schon den Rückzug angetreten hatte, trat er zum Vetter, klopfte ihm auf die Schulter und sprach: ,,Beruhigt Euch! Es war nicht böse gemeint. Euer Sophiechen ist ein strammes Mensch, das eine gute Bäuerin werden mag. Die wird einen finden, der besser zu Euch paßt. Ich liebe nun mal eine andere."

Hannes Vater glaubte, sein Sohn sei nun auch deppert geworden. Doch ihm selbst mußte der Schreck aufs Hirn geschlagen sein, denn ausgerechnet der Kathrin, seiner Magd, sang er sein Klagelied vor. Er fragte sie allen Ernstes, ob sie kein Mittel wüßte, mit dem man Hannes von seiner Dummheit kurieren könne.

Sie gab ihm einen Rat. Der kam ihm gut vor. Und er merkte nicht, daß sie ihm eine Medizin empfahl, die ihn selbst kurieren sollte.

„Wenn der Hannes eine fette Aussteuer heiraten soll," sagte sie, „braucht das Weibsmensch doch nicht unbedingt auch fett zu sein. Schaut Euch um! Es gibt auch Bauerntöchter, die reich sind und außerdem gut anzusehen sind."

Da mußte der Bauer seiner Magd recht geben. Und als sie erwähnte, daß das Mariechen aus dem Frühmeßnerhof gut anzuschauen, zudem noch nicht versprochen sei und tüchtig etwas einbringe, wunderte sich der Bauer, daß er nicht selbst darauf gekommen war.

Dabei hätte er sich darüber wundern müssen, daß ein Mädchen, so reich und so schön wie Mariechen, noch nicht unter der Haube war.

Hannes war nicht dumm, und der Bauer hielt sich für schlau, doch die Fäden im Spiel zog eine Frau. Kathrin führte Regie.

Der Bauer wollte es ganz schlau anfangen. Das Mariechen, sagte er, sei ein Mensch, da wünsche sich ein alter Kerl, noch einmal jung zu sein.

Das könne er den alten Kerlen nachfühlen, sagte Hannes und ging brav auf alle Gespräche seines Vaters ein.

Im ganzen Wetschaftstal gäbe es keine, die schöner sei als das Mariechen aus dem Frühmeßnerhof, behauptete der Bauer.

Und sein Sohn fragte ihn, ob er vorhabe, auf seine alten Tage um das Mariechen zu freien.

Da müßte er schon ein paar Jährchen jünger sein, meinte der Bauer. Aber als Schwiegertochter sei sie ihm recht.

Als er immer heftiger drängte, sein Sohn möge das Mariechen zu seiner Bäuerin machen, sträubte sich Hannes anfangs, damit der Bauer den Plan nicht durchschaute, den Kathrin mit Hannes ausgeheckt hatte.

Kathrin kündigte ihre Stellung. Sie jammerte, ihre Mutter sei krank geworden, und nun müsse sie dem Vater den Haushalt führen.

Das brachte den Bauern in arge Verlegenheit, denn Kathrin hatte seit dem Tode der Bäuerin nicht nur die Stallarbeit verrichtet, sondern den gesamten Haushalt versorgt.

Hannes machte seinem Vater den Vorschlag, man könne ja das Mariechen vom Frühmeßnerhof bitten, für Kathrin einzuspringen, natürlich nicht als Magd, nur so zur Probe, ob sie als Bäuerin auf dem Hofe bleiben wolle.

Der Bauer war glücklich. Da war sein Hannes also doch noch zu Verstand gekommen.

Kathrin kehrte zu ihren Eltern nach Roda zurück. Und Mariechen kam. Sie kam in einem prächtigen Feiertagsgewand, gerade so, als sei sie zu einem Feste geladen. Sie öffnete Schränke und Truhen und besichtigte Scheuer und Stall.

Daß sie imstande war, einen großen Hof zu regieren, sollten die beiden Männer bald merken. Mariechen teilte die Arbeiten gerecht unter Vater und Sohn auf und ließ keinen Zweifel daran, daß sie nicht daran dachte, Stallarbeiten zu verrichten. Sie sei kein Mistkäfer, erklärte sie.

Alle Anweisungen gab sie im Befehlston und mit solcher Selbstverständlichkeit, daß man hätte glauben können, sie sei bereits die Herrin auf dem Hofe. Das juckte den Bauern, aber er schluckte den Ärger hinunter.

Am ersten Tag schluckte er sogar wortlos das Essen, das Mariechen zubereitet hatte, obwohl er meinte, seinen Schweinen im Stalle würde Besseres serviert. Er konnte sich nicht vorstellen, daß es einen übleren Fraß geben konnte.

Doch bei der nächsten Mahlzeit merkte er, daß er sich in dieser Annahme getäuscht hatte. Nun war es mit seiner Beherrschung aus. Ärgerlich schimpfte er: „Ich habe in meinem ganzen Leben noch nicht solch einen Saufraß vorgestellt bekommen!"

Da stand Mariechen auf, nahm den Teller des Bauern, schüttete sein Essen in den Schweineeimer und die restlichen Speisen aus den Schüsseln und Töpfen hinterher.

„So," sagte sie, „wenn Du jetzt noch Hunger verspürst, kannst Du Deinen Saufraß mit Deinen Säuen im Stall einnehmen."

Dem Bauern blieb vor Staunen der Mund offen stehen. Am liebsten hätte er das unverschämte Weibsmensch zum Teufel gejagt. Aber er dachte an die gute Mitgift und sagte sich: „Ich will sie ja nicht heiraten, und mein Hannes wird sie mit der Zeit kurieren."

Aber der Appetit war ihm vergangen. Er nahm seinen Hut vom Haken und machte sich einen Weg ins Feld, um seinen Zorn abzukühlen. Als er zurückkam, bemerkte er, daß der Fußlumpen vor der Türe so verdreckt war, daß man sich die Schuhe daran nicht säubern, sondern eher beschmutzen konnte.

„Marie!" rief er, „schau Dir mal den Fußlumpen an! Der strotzt vor Dreck. Schlag den Dreck raus oder lege gefälligst einen neuen hin!" Marie rauschte heran. Die Empörung war ihr am Gesicht abzulesen. Sie nahm den Fußlumpen und schlug ihn dem Bauern links und rechts um die Ohren. Dazu sagte sie: „Hoffentlich reicht das. Den Dreck habe ich jetzt rausgeschlagen. Und Du merkst Dir vielleicht, daß ich keine Dienstmagd bin, die der Herr kommandieren kann!"

Das war dem Bauern dann doch zuviel, Mitgift hin oder Mitgift her. Er sagte nur: „Ja, Marie, Dienstmagd bist Du nicht, aber Herrin wirst Du auf diesem Hofe auch nicht werden. Pack Deine Sachen und verschwinde!"

Bei seinem Sohn machte der Bauer nicht viele Worte. Er kleidete sich in seinen Feiertagsrock, spannte die Kutsche an und fuhr nach Roda.

Kathrin hatte nicht damit gerechnet, daß der Bauer sie so bald aufsuchen würde.

„Ich bin gekommen, Dich zu holen," sagte er. Kathrin antwortete: „Ich gehe nicht mehr in Stellung. Dienstmägde haben keine guten Heiratschancen.",,Du hast mich nicht verstanden," sagte der Bauer. „Ich hole die neue Bäuerin auf ihren Hof. Und wenn es Deinen Eltern paßt, kommen wir am nächsten Sonntag mit Hannes und machen die Freierei strack."

Kathrins Eltern hatten nichts dagegen. Hannes hatte nichts dagegen. Und Kathrin auch nicht.

Mellnauer Kuckuck

Auf Burg und Festung Mellnau saß
ein ungestümer Rittersmann
der Ochsen viertelweise fraß
und soff, was man nur saufen kann.

Und feierte man drunt im Tal
in einem Dorf ein frohes Fest,
dann legt' der Ritter jedesmal
ein Ei in eines Bauern Nest.

Drum wurde Kuckuck er genannt,
sehr treffend und mit vollem Recht.
Durch Kuckucke im ganzen Land
blüht heut noch sein Geschlecht.

Wie einer durchs Essen in Kassel Karriere machte

Lehrer waren früher Hungerleider. Von den paar Talern, die sie im Jahre verdienten, konnten sie nicht leben, bestenfalls überleben!

In manchen Dörfern wurden sie rumgereicht. Sie erhielten ihren Mittagstisch abwechselnd in den verschiedenen Höfen. Sie fraßen sich durch.

Die guten Stellen mit reichlich Schulland waren rar. Deshalb mußte mancher Schulmeister nebenher ein Handwerk betreiben. Oder gut heiraten! Nur durch eine reiche Freite wurde das Schulmeisterdasein zur reinen Freude. Gut gefrühstückt, hält den ganzen Tag; gut geschlachtet, das ganze Jahr; gut gefreit, ein ganzes Leben!

In einem Dorfe, nahe Hessisch Lichtenau, übertrug man das Lehramt einem Bürschlein, das erst ein rechter Schulmeister werden wollte.

Nun hieß er zwar Bauer, aber auf seinem mageren Acker gedieh das Unkraut besser als die Frucht. Es tröstete ihn nicht, daß man sagt: die dümmsten Bauern haben die dicksten Kartoffeln. Es ist nun einmal so, ein Acker läßt sich nicht mit Weisheit düngen.

Der Schulmeister hätte gerne seine Lebensverhältnisse verbessert und eine reiche Bauerndirn geheiratet. Aber keine mochte den spillerigen Hänfling. Gewichtige Männer hatten bessere Chancen. Der Bauch war in jenen Zeiten ein Statussymbol. Dürre Männer rochen zu sehr nach Hunger.

Eines hängt am anderen. Ohne reiche Freite kein üppiges Schlachtefest. Mit magerem Frühstück kein Fett auf den Rippen. Ohne Speck auf dem Leib lockt man so leicht kein Weib.

„Hunger leiden kann ich auch in der Stadt," sagte sich der Schullehrer, quittierte den Dienst, schnürte sein Bündelchen und machte sich auf den Weg nach Kassel.

Bei einem Adelsherren aus der hessischen Ritterschaft, der lieber in seiner Stadtwohnung Hof hielt als auf seiner Burg zu hausen, erhielt der junge Schulmeister eine Anstellung als Hauslehrer. Das machte ihn nicht fetter, aber Brot und Brei reichten zum Sattwerden. Seine Mahlzeiten mußte er mit dem Gesinde in der Gesindestube einnehmen.

Das kränkte den Schulmeister, strebte er doch danach, zu den Geachteten zu gehören. Wie gering aber die Achtungsstufe des Gesindes gemessen wurde, erkennt man an seiner Wortverwandtschaft zum Gesindel.

Wer meint, die Historie sei zu nichts nütze, dem sei vorgehalten, wie sich der Schulmeister die Kenntnis der Geschichte zunutze machte.

Eines Tages kam der Adelsherr in die Gesindestube, um zu fragen, wie seinen Leuten die Speise munde.

„Auch das dürftige Mahl sättigt den Armen, denn er braucht kein Bauchgrimmen zu fürchten," sagte der Schulmeister. „Wer sollte ihm nach dem Leben trachten? Ist er doch das Kapital seiner Herren, deren Reichtum er schafft. Die hohen Herren aber wissen nie, ob nicht ein aufrührerischer Untertan ihre Speisen mit Gift gewürzt hat. Schon im alten Rom haben sich die Caesaren Sklaven als Vorkoster gehalten, die alle Speisen prüfen mußten, ehe sie selbst davon genossen."

Da verspürte der Adelsherr ein Rühren in den Därmen; denn auch die Angst wirkt wie Gift. Er bedauerte, daß es keine Sklaven mehr gab, die dieses Amt bei ihm hätten wahrnehmen können.

Das war die Stunde des Schulmeisters. Er versicherte, der Herr könne über ihn verfügen. Sein Respekt vor dem gnädigen Herren und seine Sympathie zu den allerliebsten Damen des Hauses ließen es ihm Ehre und Herzensbedürfnis sein, das Amt eines Vorkosters ungeachtet aller Gefahren zu übernehmen.

So wurde er mit einem Dienst betraut, den jeder Hund hätte wahrnehmen können. Er kam zur Ehre der Tischgemeinschaft mit

seiner Herrschaft. Er genoß das Essen und seine neue Stellung.

Man hatte ihm ein Gewand geschenkt, daß der Tischgemeinschaft angemessen war. Die guten Speisen verfehlten nicht ihre Wirkung. Selbst nach dem Urteil der Bauerntöchter hätte man ihn nun als einen gutaussehenden, stattlichen Mann bezeichnen können.

Er aber sehnte sich weder nach einer Dorfschulmeisterstelle noch nach der Mitgift einer reichen Bauerntochter. Er hatte das vornehme Leben geleckt, und es schmeckte ihm.

Nun begab es sich, daß der Landgraf im Hause des Adelsherren weilte und auch zu Tisch gebeten wurde. Er lernte das seltsame Amt des Vorkosters und diesen selbst kennen.

Sein Herr pries ihn in den höchsten Tönen und sagte: „Wer weiß, was aus mir geworden wäre, wenn ich ihn nicht hätte!"

Da wunderte sich der Landgraf, daß er selbst noch lebte, und meinte, auch er müsse unbedingt einen Vorkoster in seinen Diensten haben.

Schweren Herzens überließ der Adelsherr dem Landgrafen auf dessen Wunsch seinen Vorkoster; denn das Leben eines Landesherren ist höher zu werten als das eines Untertanen, selbst wenn er zur Ritterschaft gehören sollte.

Nun diente der Schulmeister als Vorkoster an den landgräflichen Tischen. Er wurde wegen seines geheimen Amtes als Sekretarius in den Dienerlisten des Landgrafen geführt.

Bald jedoch fürchtete der Landgraf, er würde sich der Lächerlichkeit preisgeben, wenn es öffentlich würde, daß er sich seine Speisen „vorkauen" ließe. Er strich das Amt, doch nicht den Sekretarius.

Der Landgraf hatte bemerkt, daß der frühere Schulmeister auch andere Fähigkeiten als die eines Vorkosters besaß. Er behielt ihn in seinen Diensten und machte ihn sogar zum Rat.

Als Rat latinisierte der gewesene Schulmeister seinen Namen. Aus Bauer wurde Agricola.

Nun konnte er es wagen, wegen seiner Sympathie zu den allerliebsten Damen im Hause jenes Adelsherren, in dem seine Karriere begonnen hatte, vorzusprechen. Einer überzähligen Tochter blieb das Jungfrauenstift erspart. Und Rat Agricola lebte nun nicht nur in Tischgemeinschaft mit dem Adel.

Na, wenn das keine Karriere war!

Der Menschenfreund

Es gibt Leute, die behaupten, Viecher seien die besten Freunde des Menschen. Wenn das für sie stimmt, ist entweder mit ihnen etwas nicht in Ordnung oder mit den Menschen, die sie für ihre Freunde halten.

Mich hat noch kein Mensch gebissen, obwohl das angeblich ein Zeichen von Liebe sein soll. Wenn das so ist, darf ich aber für mich in Anspruch nehmen, daß es wenigstens einen Hund gibt, der mich liebt.

Ich liebe die Bäume. Wir beißen uns nicht. Unsere Liebkosungen sind anderer Art. Ich lebe von ihrer Atemluft, sie von der meinen.

Wer meint, die Bäume seien lieb- und leblos, starr und stumm, der lausche in das Raunen ihrer Wipfel und schaue auf ihr Wiegen im Windestakt. Ob Bäume fühlen, wer weiß das schon von denen, die nicht mit den Bäumen sprechen.

In einem Dorfe in der Nähe der Stadt, in dessen Dom einer seine letzte Ruhestatt gefunden hat, dessen Knochen Wunder wirken sollen, lebte einer, von dem man sagte, daß er ein Menschenfreund sei. Er war einer von denen, die bei Prozessionen den Himmel trugen und beim Beten die Augen verdrehten.

Sein Nachbar war gestorben und hatte eine Waise hinterlassen, ein unmündiges Kind. Um Gottes und der Barmherzigkeit willen nahm der Menschenfreund das Mädchen, das nicht mehr als zwölf Jahre zählte, zu sich in sein Haus.

Auch die Barmherzigkeit hat ihren Preis. Ob man einen Logenplatz im Himmel erhält, läßt sich auf Erden schlecht voraussehen. Deshalb ist es nur recht, daß sich die Barmherzigkeit schon auf Erden bezahlt macht. Die Waise wurde die billigste Magd des Menschenfreundes.

Weil er sein Weib schonen wollte, rüttelte er des Nachts an der Bettkammertür des Kindes. Doch das war nicht bereit, diese Dienste auch noch zu leisten.

Das Mädchen sprang aus dem Fenster und hätte sich wohl alle

Knochen gebrochen, wenn nicht ein Baum mit seinen Astarmen den
Fall gebremst hätte. Es schlug unsanft auf, hatte aber außer Schrunden
und Schrammen keinen ernsthaften Schaden davongetragen.

Die Frau des Menschenfreundes hatte mitbekommen, was geschehen war. „Wann hättest Du alter Esel schon einmal ein Werk
begonnen, das Dir gelungen wäre!" schimpfte sie. „Wenn das kleine
Biest Dich anzeigt, stecken sie Dich ins Zuchthaus, und da wirst Du
bleiben, bis Du verfaulst!"

„Dann muß ich dafür sorgen, daß es nicht mehr reden kann,"
dachte der Menschenfreund und griff zur Axt. - Ist man ein Menschenfreund, muß man auch an sich selber denken, schließlich ist
man ein Mensch. -

Das Kind rannte in die stürmische Frühlingsnacht, um sich im
Walde zu verbergen. Es war noch nicht weit gekommen, da stellte

ihm ein Baum mit seinem Wurzelfuß ein Bein. Das Mädchen fiel in eine Bodenkuhle, und - war es der Wind oder die Birke mit ihren Besenreisern, die das Vorjahreslaub über dem Kind zusammenwehte und es verbargen?

Das Mädchen wagte nicht, sich zu erheben, weil es fürchtete, der Mann könnte es erblicken. Von ihm war nichts mehr zu hören. Die Nacht war so finster, daß er sich nur nach den Fluchtgeräuschen hatte orientieren können.

Während er darauf wartete, die Schritte des Mädchens und das Vorbeistreifen an den Ästen zu vernehmen, war das Kind unter seiner wärmenden Laubdecke eingeschlafen.

Dem Menschenfreund wurde kalt. Er begann, den Boden abzutasten, um nach dem Mädchen zu suchen. Aber wohin er sich auch wandte, überall stieß er gegen Baumäste. Wenn er sich nicht die Augen ausstechen wollte, mußte er auf der selben Stelle stehen bleiben. Als er sich setzen wollte, hatte sich unter seinen Füßen eine Wasserlache gebildet. So war er auf einen Fleck gebannt und mußte die Nacht stehend verbringen.

Als die Kälte der Morgenfrühe auch unter das Blattwerk kroch, erwachte das Mädchen. Es war so durstig, daß ihm die Zunge am Gaumen klebte, und es glaubte, jetzt müsse es verdursten.

Da schickte der Wind eine Boe, die dem Baum einen Ast abriß. Aus der Wunde der Birke tropfte ein Saft, den das Mädchen mit dem Munde auffing. Das Blut der Birke löschte seinen Durst und gab ihm neue Kraft.

Als es hell wurde und der Mann sich aus seinem Astgefängnis befreien konnte, suchte er weiter nach dem Mädchen. Die Kälte hatte zwar seine Finger steif werden lassen, aber nicht seine Mordlust gedämpft.

Sowie er das Kind erblickte, wollte er sich auf es stürzen. Dabei stolperte er über die selbe Wurzel, die dem Kind in der Nacht ein Bein gestellt hatte.

Er stürzte in die Schneide seiner Axt und fügte sich am Oberschenkel eine gefährliche Wunde zu. Er hatte sich ins eigene Fleisch geschnitten, dachte aber nicht daran, aufzugeben.

Er folgte dem Mädchen und dachte schon, gewonnen zu haben.

Das Kind stand an einem Bach, der durch die Schmelzwasser und Frühjahrsregen so angeschwollen war, daß er einem reißenden Wildwasser glich, das man nicht durchwaten konnte.

Als sich das Mädchen in die Flut stürzen wollte, ächzte eine Fichte am Ufer des Baches, drehte sich, wankte und rauschte hernieder. Sie bildete einen Steg, über den das Kind das andere Ufer erreichte.

Der Mann wollte ihm folgen. Als er auf der Mitte des Stammes war und mit den sperrigen Ästen kämpfte, rissen die Fluten den Baum mit sich, wobei sich der Baum drehte und den Mann unter das Wasser drückte.

Ich bin kein guter Mensch, und ich wünsche von ganzem Herzen denen Böses, die anderen Böses tun. Mit Vergnügen würde ich jetzt schreiben „und er ersoff, und das Mädchen war gerettet".

Doch die Hölle läßt ihre Helfer so leicht nicht untergehn! Der Kerl rettete sich ans Ufer. Seine Axt hatte er verloren. Deshalb ergriff er einen Stein.

„Aber wann hätte der alte Esel schon einmal ein Werk begonnen, das ihm gelungen wäre!" Er warf einen Stein und traf den Hund eines Försters, den er nicht bemerkt hatte. Der aber hatte so viel beobachtet, daß er später vor Gericht aussagen konnte. Der Menschenfreund bekam ein Stübchen. Da konnte man nicht aus dem Fenster springen, weil Eisengitter davor waren.

Ich weiß nun nicht, ob für den Menschenfreund ein Logenplatz im Himmel freigehalten wird.

Aber der mit der warmen Stube, bei dem die Leute ins Schwitzen geraten, braucht auch Personal!

Vom Ursprung der Familie Wolf

Weißt Du, warum der Wind in den Brüchern kühler weht, die Nächte dort eisiger sind und selbst der Sommer selten seine Sonnenstrahlen die Wollgraswiesen wohlig wärmen läßt?

Hast Du gespürt, wenn Du am Abend zwischen Simsen und Seggen, zwischen Sonnentau und Orchideen auf dem Moorrasen liegst, wie die Erde nach Dir greift, als ob sie Dich in ihrem Bauch begraben möchte?

Du weißt genau, daß schon seit langen Zeiten kein Wolf mehr durch den Burgwald streift, und dennoch hörst Du ihn nicht nur in kalten Winternächten heulen.

Du kannst nicht sagen, woher der Wolfsruf kommt, ob er aus den Lüften über Dir die Nacht zerreißt, oder ob Du ihn in Deiner Brust verspürst.

Wölfe sind die Tiere Wotans, der bei uns Odin heißt. Wölfe sind dabei, wenn die wilde Jagd über das Land braust.

Es geht die Sage von Mannwölfen, die man auch Werwölfe heißt. Nächtens und, wenn der Zauber es will, am hellen Tage jagen sie den Menschen und das Tier.

Die Brücher seien eine Insel der Asen, sagen die Kundigen, die heute noch Opfergaben auf den „Heiligen Stein" legen, der nur ihnen bekannt ist.

Vor sehr langer Zeit, noch vor dem großen Kriege, in dem so viele Dörfer wüst wurden, als Wölfe im Burgwald noch alltäglich waren, mußte eine Jungfrau aus Bracht einen Botengang nach Oberrosphe machen. Auf dem Rückwege geriet sie unvermittelt in die Dunkelheit.

In der Nähe der Brücher erschreckte sie entferntes Wolfsgeheul. Dann huschte ein grauer Schatten links des Weges, rechts des Weges, fiel zurück, war voraus und verschwand im Dunkel des Waldes. Der Wind trug den sehnsuchtsvollen Klageruf der Wölfe durch die Nacht, nur näher jetzt.

Sie beschleunigte ihre Schritte, versuchte weder nach links noch nach rechts zu blicken, begann zu laufen, rannte, bis ihre Lungen keuchten. Da trat er ihr in den Weg. Sie stolperte und fiel in seine Arme. „Du brauchst keine Angst mehr zu haben," sagte er und drückte sie an sich.

Der Morgen graute, und über den Brüchern hingen noch Fetzen von Nebelschleiern, als sie Bracht erreichten.

Ihr Hof war klein. Das Tor lag im Schatten einer Eiche. Im Geäst des Baumes hing ein fast verrotteter Pferdeschädel, von dem niemand wußte, wer ihn dorthin gehängt hatte. Er war keine Zierde, aber die Leute glaubten, wer den Schädel abnehme, den träfe ein Unheil.

Die Mutter blies gerade Glut aus der Asche und legte dürres Reisig und Buchenscheite auf.

„Ich habe mir einen Bräutigam mitgebracht," flüsterte die junge Frau.

Die Mutter schaute ihn prüfend an und sagte: „Er ist nicht von hier. Er hat fremde Augen. Ich kenne ihn nicht. Wie heißt er, und wo ist er zu Hause?"

Die Tochter schlug verschämt die Augen nieder. Sie kannte seinen Namen nicht.

Da legte der Mann seinen Mantel aus Wolfspelz auf die Ofenbank und nahm die junge Frau bei der Hand. Er sprach zu ihrer Mutter: „Der Ort woher ich komme, trägt keinen Namen, den Ihr kennt. Ich komme von weit und doch von nah. Ich heiße Wolf und möchte Eure Tochter freien."

Die Mutter sagte: „Das wird der Vater entscheiden. Aber wenn Ihr sie freit, dann habt Ihr uns beiden Alten auch am Halse. Sie ist unser einziges Kind, und sie muß uns versorgen. Unsere Äcker alleine ernähren uns nicht. Ihr werdet hart arbeiten müssen!"

Der Fremde lächelte. Arbeit scheue er nicht. Er werde Nahrung schaffen. Sie würden sich, das verspreche er, bis zu ihrem Ende im Wolfsneste wohlfühlen.

Der Vater war es zufrieden. Die Tochter war glücklich. Der

Bräutigam verstaute seinen Pelz in einer Truhe, die auf dem Dachboden stand.

Sie heirateten. Wolf versah die Landwirtschaft zusammen mit dem Alten und ging wintertags in den Hauwald.

Für die Liebe der Eheleute gab es lebendige Beweise. Die Schar der Wölfe wuchs. Ein über das andere Jahr kam ein neuer dazu, einer prächtiger als der andere. Sie waren klug, kräftig und gesund, eine Freude der Eltern.

Einen Kummer gab es im Wolfschen Haus. Oft streifte der Wolf in den Nächten durch den Forst und brachte dann stets ein gutes Stück Wildbret nach Hause.

Seine Frau ängstigte sich; denn auf Wildern stand der Tod. Ihr Mann aber sagte, sie brauche sich nicht zu sorgen, er jage mit größerem Recht als alle Landgrafen in diesen Wäldern.

Die Jahre vergingen. Die Eltern der Frau waren längst gestorben. Die Kinder verließen eines nach dem anderen das elterliche Anwesen. Die schönen Töchter, sauber, fleißig und gesund, waren trotz magerer Aussteuer begehrte Bräute. Sie heirateten alle in Höfe der Nachbardörfer ein.

Auch von den Söhnen übernahm mancher, der eine Hoferbin freite, ein bäuerliches Gut. Etliche erlernten ein Handwerk. Einer diente dem Landgrafen als Forstmann.

Alle Kinder trafen sich noch einmal, als die Mutter zu Grabe getragen wurde. An diesem Tage holte der alte Wolf seinen Pelz aus der Truhe und legte ihn an, obwohl die Witterung nicht danach war. Nachdem die Tote der Erde übergeben war, küßte der Wolf seine Kinder und bat sie, ihn mit der Toten alleine zu lassen.

Er ist nicht nach Hause zurückgekehrt.

Es kam das Gerücht auf, der Wolf sei in den Brüchern verschwunden. Die Hirten berichteten, ihre Herden seien an jenem Tage unnatürlich unruhig gewesen. Wo Himmel und Erde zusammenstoßen, wulgerten die Wolken in Wirbeln.

Eine ganze Woche lang lag Wolfsgeheul in der Luft. Unzeitig im Jahr brauste das Wilde Heer über die Wälder.

Woher ihr Stammvater kam, wohin er ging, wissen die Wölfe nicht.

Aber wir, in deren Adern sein Blut fließt, treten, wenn in den Sturmesnächten das Wilde Heer über die Baumwipfel tobt, vor die Tür und blicken grüßend hinauf in die wulgernden, jagenden Wolken.

Wie der Ochs zu seinem Namen kam

Es ist schon so lange her, daß nur noch wenige wissen, daß der Burgwald Riesenland war. Die Riesen hockten in ihren Burgen auf den Bergen und ließen sich von den Bauern füttern. Wenn die Bauern in Frieden leben wollten, mußten sie den Riesen Zins zahlen.

Der Tausch auf der Tauschenburg war besonders verfressen. Er begnügte sich nicht mit Hühnern, Schafen und Schweinen. Er verlangte pro Monat einen Ochsen. Er mästete sich und feierte mit seinen Freunden frohe Feste.

Als es an Konrad aus Mellnau war, dem Tausch einen Ochsen zuzuführen, stellte er sich auf die Hinterbeine. Er meinte, dem Tausch trotzen zu können und tat sich dicke: „Ein voller Wanst ist ein fauler Wanst! Wenn der Tausch meinen Ochsen haben will, dann mag er ihn sich holen! Ich glaube kaum, daß der Tausch seinen Bauch noch spazieren tragen kann."

Seine Freunde warnten ihn: „Nimm Dich in acht! Der Tausch wetzt schon die Axt!"

Konrad schlug alle Warnungen in den Wind und höhnte:„Der Tausch, der faule Fresser, wetzt höchstens noch die Wurstemesser!"

Aber Konrad hatte sich in Tausch getäuscht. Tausch polterte mit seinen Sauf- und Freßkumpanen den Berg hinunter, lärmte durchs Dorf und hob dem Konrad das Dach vom Hause.

Er packte den Bauern, pellte ihn aus seiner Kleidung und setzte ihn splitternackt in einen Siedekessel, in dem für gewöhnlich Wurst oder Mus gekocht wurden. Dann füllte er so viel Wasser hinein, daß dem Konrad das Wasser bis zum Halse stand. Dann schulterte er den Kessel und machte sich auf den Heimweg.

Den gaffenden Mellnauer Bauern rief Tausch zu: „Ein fetter Ochse wäre mir lieber gewesen, aber ein dämlicher Ochse tut es zur Not auch!"

Da wurde dem Bauern vor Angst im Siedekessel so heiß, daß das Wasser beinahe zu kochen begonnen hätte, glaubte er doch nichts anderes, als daß er anstatt des Ochsen verzehrt werden sollte.

Aber die Burgwaldriesen waren keine Menschenfresser. Sie liebten alle Narreteien und wollten sich mit dem Konrad nur ein Späßchen erlauben.

Vor der Tauschenburg angekommen, schüttete der Tausch den Konrad mitten in einen Ameisenhaufen. Ei! Wie das zwickte und zwackte! Der Bauer führte ein Tänzchen auf, an dem sich die Riesenschar vor Lachen laut brüllend ergötzte.

„Weil ich Dich für einen Ochsen genommen habe, sollst Du fürderhin Ochs heißen!" rief der Tausch. „Und binnen drei Tagen lieferst Du mir den schuldigen Ochsen! So, und nun lauf! Lauf um Dein Leben! Denn wenn ich die erwische, landest Du auf meinem Tische!"

So ist Konrad zu seinem Familiennamen gekommen. Er wurde der Stammvater aller Ochs.

Tausch hatte ihm den Namen zum Spott gegeben und ahnte nicht, daß der Ochs ihn schon bald besiegen würde.

Keiner konnte voraussehen, welch stolzes Geschlecht die Ochs wurden, das die Riesen überlebte, noch heute blüht und bedeutende Persönlichkeiten hervorgebracht hat.

Der Wahlspruch der Familie lautet:
Stark wie die Ochsen, wild wie der Stier,
Bezwinger der Riesen, des Burgwaldes Zier!

Wie der Bauer Ochs die Burgwaldriesen bezwang

Damals, als der Tausch den nackigen Ochs in den Ameisenhaufen geschüttet hatte, konnte man einen hüpfen sehn.

Mit einem Röckchen aus Farnkraut bekleidet, kehrte der Ochs in sein Dorf zurück. Das Gelächter von Mellnau schallte durch das ganze Wetschaftstal.

Laßt sie lachen! Was machts? Heute verlacht, und schon morgen geacht!

Erst aber würden sich die Leute von Mellnau gehörig zu wundern haben; denn der Ochs schlachtete sein fettestes Schwein und lud ganz Mellnau zum Festessen ein.

Die Mellnauer feiern nicht weniger gern als andere Bauern und ließen sich die Bewirtung mit Freuden gefallen.

„Was feiern wir denn?" fragten sie.

„Meinen Sieg über den Tausch!" verkündete Ochs.

Da schüttelten die Leute die Köpfe und sagten: „Im Siedekessel hat er den Verstand verloren." Aber sie ließen es sich schmecken und tranken auf seine Gesundheit.

Der Ochs wußte, was er tat. Schließlich war er mit einer Schäferstochter verheiratet. Schäferstöchter verstehen mehr als andere Weiber. Sie sind kräuterkundig und können mehr als kochen. Das wird man sehn!

Zum Schlachtefest wird stets gebraut, und trinkt man reichlich, singt man laut!

Der Gesang der Mellnauer brandete an die Mauern der Tauschenburg. Weil der Tausch der neugierigste aller Riesen war, hielt es ihn nicht in seinem festen Hause.

Als der Tausch am Tische des Ochsen erschien, hatte der ihm schon einen Sessel zurechtgerückt. Es war auch nicht gelogen, als er sagte, das Fest würde nur seinetwegen gefeiert.

Den Tausch brauchte man nicht zu bitten, der griff auch so mit beiden Händen zu, biß in das Fleisch, daß der Bratensaft spritzte, gab Wonnelaute von sich und schmatzte lauter als eine Herde Schweine. Das Fett tropfte ihm aus dem Maul, und wenn er rülpste, dann wackelten die Häuser, als ob die Erde bebte.

Des Tauschen Braten hatte des Ochsen Frau mit einem besonderen Kraute gewürzt, damit die Kehle brannte und der Bauch nach einem frischen Trunke schrie.

Das Bier für Tausch gab es in Extrakrügen, ein Tropfen gegen Riesendurst. Es war ein Pülverchen hineingerührt, das einen Wahn erzeugt.

Der Riese soff und wähnte vor Kraft zu bersten. Er erhob sich, klatschte sich auf die Schenkel und brüllte: „Wer ist der Stärkste im weiten Land?"

„Das seid Ihr, der Tausch!" brüllten die besoffenen Bauern.

„Vielleicht bist Du sogar stärker als der Rausch vom Rauschenberge," fügte Ochs listig hinzu.

„Ich bin stärker!" donnerte der Tausch, „stärker als der Rausch vom Rauschenberge."

Da hielten die Bauern den Atem an und warteten, was daraus werden sollte, denn der Rausch war der stärkste Riese, von dem die Welt je gehört hat. Alle Riesen des Burgwaldes gingen ihm aus dem Wege. Rausch war so stark, daß er einen Berg einfach zur Seite schob, wenn er ihm im Wege war.

„Seid Ihr zehnmal stärker als Rausch?" fachte Ochs die Prahlsucht des Tausch an.

„Hundertmal stärker!" prahlte der Riese.

„Vielleicht sogar tausendmal?" staunte des Ochsen Frau.

„Pah! Tausendmal stärker!" versicherte Tausch, durch das Pülverchen aus den Wahnkräutern größenwahnsinnig geworden.

„Dann ließe ich mir nicht gefallen, daß der Rausch herumposaunt, Ihr hättet nicht einmal die Kraft, die Knochen aufzuheben, die er beim Essen ausspuckt!"

„Das hat er gesagt?" schrie Tausch.

„Das hat er gesagt," antwortete Ochs, „und dazu vieles mehr, was ich nicht wiederholen möchte, um Euch nicht zu erzürnen."

„Das soll er mir büßen!" brüllte Tausch. „Ich werde seine Burg auf dem Rauschenberge niederreißen und ihm die Steine zu fressen geben."

„Da müßt Ihr Euch aber sputen!" mahnte Ochs. „Vielleicht ist der Rausch schon auf dem Wege, dasselbe mit Euch und Eurer Burg zu tun."

Tausch kam nur mühsam auf die Beine. Er hatte eimerweise Bier im Bauch. Das schwappte hin und her. Er torkelte los und schrie: „Kommt mit, wenn Ihr sehn wollt, wie ich den Rausch kopfüber in seinen Brunnen stecke und aus den Steinen seiner Burg einen Grabhügel über ihm errichte."

Die Mellnauer hatten beim Ochsen dem Bier so gut zugesprochen, daß sie auch ohne Zauberpulver mutig genug waren, dem Tausch zu folgen, im gehörigen Abstand, versteht sich!

Als sie die Rauschenburg erreicht hatten, stand der Tausch wie ein Ochse vor dem Burgtor.

„Das Tor ist verschlossen," rief er, „der Rausch hat Angst!"

Nun ließ sich Ochs wieder hören: „Aber der Tausch hat doch keine Angst vor verschlossenen Türen! Hätte ich einen Kopf wie Du, dann stieß ich das Tor mit der Stirne auf!"

„Oh, mit der Stirne auf," echote Tausch und rammte mit seinem Schädel das Burgtor ein. Die dicken Eichenbohlen splitterten. Tausch stolperte benommen in den Burghof und stürzte vor Schmerz von Sinnen auf das Pflaster.

Das weckte den Rausch aus seinem Schlaf. Er fand nicht einmal Zeit zum Staunen. Tausch erhob sich und taumelte über den Burghof. Noch immer im Stärkerausch der Zauberkräuter, ergriff er eine Eisenstange und rammte sie dem Rausch durch den Leib.

Schon vom Tode gezeichnet, packte der Rausch den Tausch und schmetterte ihn gegen den Burgturm. Von ihrem Brüllen erzitterte die

Erde, und selbst auf der Amöneburg brachen noch die Steine aus dem Berge. Der Burgturm stürzte zusammen und begrub den Rausch und den Tausch unter den Trümmern.

So fanden die beiden wildesten Riesen ein gemeinsames Grab. Die Macht der Burgwaldriesen schwand. Nie wieder brauchte ein Mellnauer Bauer den Riesen mit einem Ochsen zu zinsen.

Das verdanken sie dem Ochs und seiner Frau, denn Schäferstöchter können mehr als Kochen!

Sind Wichtel einem Menschen hold,
so schenken sie ihm blankes Gold

In Hessen heißt es: Wo die Karten auf dem Tisch liegen, sitzt der Teufel darunter.

Eines ist sicher, durch das Glücksspiel ist schon mancher ins Unglück geraten.

In Battenberg lebte ein arbeitsamer Bauer, der es trotzdem zu nichts brachte. Was er auf dem Felde erwarb mit Schweiß, verlor er am Spieltisch mit Fleiß. Der Spielteufel hatte ihn in den Klauen.

Ein Fremder war in die Stadt gekommen. Er hatte die Karten gemischt und die Würfel tanzen lassen.

Das hörte der Bauer, und der Spielrausch überfiel ihn. Er verließ seinen Pflug und ging zu dem Fremden, um mit ihm ein Spielchen zu wagen.

Als er gewann, setzte er im Übermut größere Summen, verlor, was er gewonnen hatte und mehr dazu. Erst verlor er Geld, dann seine Ernte auf dem Halm und dann seinen Hof mit aller beweglichen Habe.

Dann setzte er alles, was er verloren hatte, gegen sein Leben. Die Würfel fielen gegen ihn. Er hatte auch sein Leben verspielt. Der Fremde sagte: „Den letzten Einsatz schenk ich Euch! Packt Eure Sachen, und verlaßt den Hof!"

Als der Bauer den Spieltisch verließ, stürzte er auf der Treppe und brach das Genick. So hatte er den letzten Einsatz auch noch bezahlt.

Seine Witwe mußte sich als Magd verdingen, um sich und ihre Kinder zu ernähren. Das war mühsam genug, und was sie verdiente, reichte kaum zum Leben.

Eines Abends, als sie müde von der Arbeit kam, hörte sie ein jämmerliches Schreien. Der große Wolfshund des Schankwirtes hatte ein Wichtelmännchen zwischen den Zähnen.

Obwohl die Frau große Angst verspürte, jagte sie den Hund davon und befreite das Wichtelmännchen. Das war übel zugerichtet und blutete aus vielen Wunden. Sie setzte es in ihren Tragekorb und schleppte es nach Hause. Dort legte sie den Kleinen in ein Kinderbett, wusch seine Wunden und legte ihm einen Kräuterverband an.

Das Wichtelmännchen erholte sich schnell, aber es sprach weder mit seiner Retterin noch mit deren Kindern, so daß sie glauben mußten, es sei stumm oder verstünde ihre Sprache nicht.

Deshalb waren sie erstaunt, als das Wichtelmännchen, nachdem es, ohne sich zu bedanken, davongelaufen war, noch einmal zurückkehrte, ein Wichtelkörbchen voller Haselnüsse brachte und dazu sagte: „Zum Dank für Eure Hilfe! Aber Ihr dürft die Nüsse nicht vor Weihnachten essen. Wenn Ihr sie bis zum Feste aufhebt, werden sie Euch Glück bringen!"

Die Kinder bettelten zwar, aber die Mutter meinte, sie müßten es lernen, sich zu gedulden, und sie stellte das Körbchen mit den Nüssen auf den Kleiderschrank.

Als die Mutter Heiligabend das Körbchen auf den Gabentisch stellte, hatten sich die Nüsse in pures Gold verwandelt. Ihre Geduld hatte sich gelohnt. Alle Not hatte nun ein Ende.

Und es zeigt sich wieder einmal, daß die Sprichwörter stimmen. In den Dörfern zwischen Eder und Lahn sagt man:

Sind Wichtel einem Menschen hold, so schenken sie ihm blankes Gold!

Sind Wichtel einem Menschen gram, ersäufen sie ihn in der Lahn

Manchmal trieben sich in Buchenau, das zum Hessischen Hinterland gehört, Wichtel herum. Man wußte nicht, von welcher Seite der Lahn sie kamen. Vielleicht stammten sie aus den Wichtelhäusern im Wollenberg, denn Brungershausen war nah. In Brungershausen liefen die Wichtelmännchen zu jeder Tageszeit herum. Manche Leute glaubten, sie wohnten dort.

In Buchenau sind die Jungen nicht ungezogener als anderswo. Bengel sind selten Engel! Aber es gab einen, der übertrieb reichlich. Er hieß bei allen nur „der freche Fritz".

Vor dem frechen Fritz war nichts und niemand sicher, nicht das Häschen im Feld und die Forelle in der Lahn, nicht das Ei im Nest und nicht das Huhn auf der Stange, nicht das Geld im Opferstock und auch nicht, was in Rock und Schürze steckt.

Man hätte den frechen Fritz auch den faulen Fritz nennen können. Er hatte die Arbeit nicht erfunden. Aber er war erfinderisch, und wenn es nur darum ging, Ausreden zu erfinden, um der Arbeit aus dem Wege zu gehen.

Seit der freche Fritz davon gehört hatte, daß in Köln Heinzelmännchen den Handwerksleuten das Arbeiten abgenommen hatten, versuchte er, ein Wichtelmännchen zu fangen, um es zur Arbeit abzurichten.

Er sagte: „Was den Kölnern recht ist, das ist den Buchenauern billig. Was die Heinzelmännchen vom Rhein können, das können die Wichtel an der Lahn allemale."

Aber in den Fallgruben, die er ausgegraben hatte, fing er sich selber, und in den Schlingen, die er geknüpft hatte, fing sich sein Hund.

Andere Leute sagen: „Aus Schaden wird man klug!"

Der freche Fritz aber meint: „Wer aus Schaden klug wird, erreicht nicht sein Ziel." Es ist bekannt, daß Wichtelmännchen gerne naschen.

Mit Speck fängt man Mäuse und mit Nüssen Wichtelmännchen.

Also baute der freche Fritz eine Kastenfalle und bestückte sie mit Haselnüssen.

Wichtelmännchen, die gern naschen, können Jäger leicht erhaschen! Dem frechen Fritz war ein Leckermaul auf den Leim gegangen. Das Wichtelmännchen saß in der Falle, und der freche Fritz saß davor.

Mit einem Marder hätte er es einfacher gehabt, dem hätte er das Fell abziehen können. Wenn er dem Wichtelmännchen das Fell abzog, davon hatte er nichts.

Die Wichtelmännchen waren wohl eine andere Sorte als die Heinzelmännchen von Köln. Der Wichtel, den der freche Fritz im Kasten hatte, der fauchte wie eine Wildkatze und biß wie ein toller Hund.

„Ich werde ihn trotzdem kleinkriegen," dachte Fritz, nahm einen Strick, legte ihn dem Wichtel um Brust und Arme, verknotete ihn gut, daß er wie ein Zuggeschirr saß, und ließ dann den Wichtel an der langen Leine laufen.

Nun begann der rechte Tanz. Wer wen an der Leine hatte, das war schlecht zu unterscheiden. Der Wichtel sprang im Kreis um Fritz herum und fesselte die Arme an seinen Körper. Er witschte ihm durch die Beine, sprang über seine Schulter und verschnürte ihn wie ein Paket.

Dann machte er einen Sprung direkt vor Fritzens Beine, und die Leine wurde zum Stolperstrick. Der freche Fritz stürzte und rollte in die Lahn.

Es sah einen Augenblick so aus, als ob der Wichtel gewonnen hätte. Aber er hatte nicht daran gedacht, daß er durch den Strick mit dem frechen Fritz verbunden war. Jetzt mußte er mit Fritz ersaufen.

Jetzt hätte er mit dem frechen Fritz ersaufen müssen, wenn nicht ein Biber hinzugeschwommen wäre. Der nagte das Seil durch, daß sich der Wichtel an Land retten konnte. Ich hätte beinahe gesagt: „Das Viehzeug hält zusammen!" Aber die Wichtel sind ja auch eine Art Menschen.

Ja, ja, wer anderen eine Schlinge knüpft, ...

Jetzt gibt es noch ein Sprichwort über die Wichtelmännchen:

Sind Wichtel einem Menschen gram, ersäufen sie ihn in der Lahn!

Warum die Wichtelmännchen die Wichtelhäuser verließen

Mein Großonkel legte seine Säge beiseite und setzte sich auf den Sägebock. Ich hatte ihn um eine Geschichte gebeten, und er schenkte mir eine.

Ehe er zu erzählen begann, schaute er zum Himmel, als ob er da oben jemanden suche. Dann sagte er: ,,Ja, Junge, Deinem Vater seine Mutter, das war meine leibhaftige Schwester, Gott habe sie selig! Die könnte Dir mancherlei erzählen. Sie war eine kluge Frau. Aber einiges weiß ich auch.

Ganz früher, vor so langer Zeit, daß man bis dahin kaum zurückdenken kann, lebten im Burgwald Riesen auf den Bergen und im Wollenberg die Wichtel in den Wäldern.

Als die Menschen mit den Riesen nicht mehr in Frieden leben wollten, packten sie ihre Habe in Kiepen und zogen nach Norden. Dort leben sie friedlich in fernen Ländern am Rande des Eises.

Die Wichtel sind geblieben. Die treiben nun ein nächtliches Wesen. Heutzutage lassen sie sich nur noch von Menschen sehen, die daran glauben, daß es sie gibt.

Früher wohnten sie im Wollenberg in dem Felstrümmerfeld, das man die Wichtelhäuser nennt. Wo sie sich jetzt verborgen halten, weiß nicht einmal ich.

Warum sie sich andere Wohnungen gesucht haben, das werde ich Dir erzählen.

In einem kleinen Hof in Sterzhausen lebte ein Bauer, der hieß Balthasar. Er hatte eine Frau, die hieß Elisabeth. Er nannte sie Lisbeth, und sie nannte ihn Balzer.

Beide hatten einander herzlich lieb. Da es ihnen im Bette besser gefiel als auf dem Felde, hatten sie bald viele Kinder, aber wenig zu essen.

Eines Mogens erwachte der Bauer vor der üblichen Zeit. Er

glaubte, es sei eine Schindel vom Dach gefallen oder der Ratz erschrecke die Hühner im Hühnerhaus.

Da schob er seine Füße in die Pantoffel und schlurfte benommen nach draußen. Er hatte noch den Schlaf in den Augen und die Träume der Nacht in seinem Kopfe. Aber als die Morgenkühle unter das Nachthemd kroch, wurde er munter.

Doch seine Gänsehaut stammte von der Angst und nicht von der Kühle. Aus seinem alten Brunnen wimmerte und jaunerte es.

„Es gespenstert!" rief Balzer. „Hilf Himmel, es gespenstert!"

„Hiiilfe! Hiiilfe!" jammerte es aus dem Brunnen, „Hiiilfe!"

Von Gespenstern, die um Hilfe riefen, hatte Balzer noch nie etwas gehört. Er wagte es, vorsichtig über den Brunnenrand zu schauen.

Da kriegten drei einen Schrecken. Balzer, der auf dem Boden seines ausgetrockneten Brunnens zwei Wichtel aufgeregt hin- und herspringen sah, und die beiden Wichtel, die hoch über sich das mürrische Stoppelgesicht des verschlafenen Balzer auf sich herabblicken sahen.

„Tu uns bitte nichts!" riefen die Wichtel voller Angst. Da brauchte Balzer nicht um dasselbe zu bitten. „Wir sind die Wichtel Hinzel und Kunzel," sagten sie. „Wir sind in Deinen Brunnen gefallen. Hilf uns bitte hier heraus!".

„Dann wäre ich schön dumm," antwortete Balzer, „kaum seid Ihr draußen, dann werdet Ihr mir wieder Eier stehlen."

Die Wichtel beteuerten, künftig keine Eier mehr stehlen zu wollen, und sie versprachen, es sei des Balzers Schaden nicht, wenn er sie aus dem Brunnen befreie.

Da holte Balzer den Apfelpflücker mit der langen Bohnenstange und angelte die beiden aus dem Brunnen heraus.

Ehe er sie auf den Boden setzte, ließ Balzer sich von ihnen versprechen, daß sie ihn nie mehr morgens aus dem Schlafe schrecken würden.

„Schade!" sagten die Wichtel. „Erschrecken wollen wir dich freilich nicht. Aber wir würden gerne ein Geschäft mit dir machen, das du nie gereuen würdest." Was das für ein Geschäft sei, wollte Balzer wissen.

Wir möchten jeden Morgen ein Kännchen Ziegenmilch. Du brauchst es nur auf den Baumstumpf neben Deinem Holzstall zu stellen. Aber es ist wichtig, daß es geschieht, bevor der Hahn kräht.

Da brummelte Balzer. Das gefiel ihm nicht. Aber er konnte jeden Pfennig gebrauchen. „Wenn Du den Handel verschläfst, suchen wir uns einen anderen Lieferanten," warnte Kunzel. „Ehe die Sonne den Frühnebel gefressen hat, müssen wir im Walde sein. Am Tage leben wir unter der Erde. Unsere Haut ist so zart, daß die Sonne uns ausdörren würde."

„Merke Dir noch etwas," mahnte Hinzel, „rede mit keiner Menschenseele über unser Geschäft, nicht einmal mit Deiner Frau!"

Balzer versprach beides. Wenn reicher Lohn winkte, konnte er auch mal früh aufstehen. Er fühlte sich an diesem Morgen überhaupt sonderbar erfrischt.

Die Wichtel krochen durch eine Lücke im Zaun. Jeder schwang sich auf einen Fuchs. Schnell wie Wolkenfetzen im Sturmwind huschten sie dem Walde zu.

Da Balzer nun schon auf den Beinen war, zog er sich an und begann zu arbeiten. Er machte eine wertvolle Erfahrung. Bei der Kühle des Morgens ging ihm die Arbeit leichter von der Hand. Bis zum Mittagsbrot hatte er mehr geschafft als sonst am ganzen Tage.

Jeden Morgen stellte er in aller Herrgottsfrühe das Kännchen mit der Ziegenmilch auf den Baumstumpf. Jedesmal, wenn er nachschaute, war das Kännchen geleert, und ein Goldstück lag darin.

Zwiefach erlebte Balzer die Wahrheit des Spruches: Morgenstund hat Gold im Mund. Denn die Arbeit, die er während der Zeit schaffte, die er bisher verschlafen hatte, war auch Goldes wert.

Es ging aufwärts auf dem Balzerschen Hof. Die Schulden waren bald abgetragen. Balzer mußte sich eine Geldtruhe anschaffen, um seinen Reichtum sicher verwahren zu können.

Lisbeth war ebenfalls Frühaufsteherin geworden und trug durch ihre Arbeit auch zum Wohlstand bei. Aber da sie nicht dumm war, erkannte sie, daß der Goldsegen nicht allein die Frucht ihrer Arbeit sein konnte.

Man kann verstehen, daß eine Frau wissen möchte, was ihr Mann geheimhält. Und was eine Frau wissen möchte, das bringt sie auch in Erfahrung.

Die sogenannte schwache Stunde einer Frau, ist meist die Stunde, in der ein Mann schwach wird. Er sagte ihr, daß ihre Geldquelle versiege, wenn sie etwas verriete. Sie gelobte zu schweigen.

Aber wenn nur ein Loch im Kornsack ist, dann läuft das ganze Korn aus.

Lisbeth hatte eine Freundin im Dorf. Mit der traf sie sich zum Kaffeetrinken. Ihre Freundin hatte immer schon wissen wollen, woher der Balzersche Reichtum stammte. Einer Freundin muß man doch vertrauen können. Und die Freundin gelobte zu schweigen.

Die Freundin hatte einen Mann. Der hatte immer schon gerne wissen wollen, woher der Reichtum der Freunde seines Weibes stammte. Vor seinem Ehemann darf man keine Geheimnisse haben. Der Ehemann gelobte zu schweigen.

Der Ehemann hatte einen Freund. Mit dem traf er sich abends im Wirtshaus. -

Wie es weiterging, brauche ich nicht zu erzählen. Wenn ein Loch im Kornsack ist, läuft das ganze Korn aus.

Es dauerte nicht lange, da wußte jeder in Sterzhausen, daß der Wichtelsegen den Balzer reich gemacht hatte.

Nicht jedermann ist ehrlich, und Reichtum macht begehrlich! Auch in Sterzhausen gab es ein paar böse Burschen, die dem lieben Gott die Tage und ihren Mitmenschen die Butter vom Brot stahlen. Die wollten beim Balzer einsteigen.

Doch ihr Anführer sagte: „Wer wird sich mit ein paar Solperknochen zufriedengeben, wenn er das ganze Wutzchen haben kann. Wir heben die ganze Schatzkammer aus."

Sie legten sich bei Balzer auf die Lauer, beobachteten die Wichtel und folgten ihnen in den Wald. Dort sahen sie, wie Hinzel durch einen hohlen Baum und Kunzel durch eine Dachsröhre in der Erde verschwand. Sie hatten die Wohnung der Wichtel entdeckt.

Mit Hacken und Schaufeln wühlten sie die Erde auf. Bald lagen die schweren Felsbrocken frei, die man heute noch sehen kann und die Wichtelhäuser nennt. Dort meinten sie, müßte das Gold verborgen sein.

Die goldgierigen Räuber hatten nicht bemerkt, daß sie das Wurzelwerk einer alten Eibe lockerten. Die Eibe stürzte und von ihren Ästen durchbohrt, wurden sie an die Erde genagelt. Alle fanden einen schrecklichen Tod.

Zur selben Stunde flohen die Wichtel mit all ihrer Habe. Niemand weiß, wo sie jetzt hausen.

Bei Balzer blieb der Goldsegen nun aus. Aber da er die Angewohnheit beibehielt, mit dem ersten Hahnenschrei an die Arbeit zu gehen, blieb er ein wohlhabender Mann.

Ich fragte meinen Großonkel: „Ist das wirklich geschehen, was Du mir erzählt hast?"

Er zuckte mit den Schulter. „Ich erzähle es, wie ich es erzählt bekommen habe."

Dann grinste er, beleckte seinen Zeigefinger, streckte ihn in die Luft, schaute zum Himmel und sagte: „Junge, mach daß Du nach Hause kommst, in einer halben Stunde wird es regnen!"

Zu Hause angekommen, sagte ich zu meiner Kahlers Großmutter: „Du mußt die Wäsche reinholen, in einer halben Stunde wird es regnen!" „Ei, wie kommst Du denn darauf?"

„Brands-Onkel hat es gesagt!"

Von seinen Geschichten hielt meine Oma nicht viel, aber auf seine Wettervoraussagen verließ sie sich. Brands-Onkel war Schäfer gewesen.

Sie holte die Wäsche von der Leine, und es war noch keine halbe Stunde vergangen, da plätscherte es, daß die Tropfen in den Pfützen sprangen.

Interview mit einem Buzemannexperten

Interviewer: Würden Sie uns bitte erklären, was ein Buzemann ist?

Experte: Die Buzemänner gehören zu der großen Familie der Zwerge. Während die Wichtelmänner, die mancherorts auch Steinmännchen genannt werden, zu den Waldzwergen gehören, zählt man die Buzemänner wie die Heinzelmännchen zu den Hauszwergen.

Interviewer: Gibt es Unterscheidungsmerkmale zwischen diesen beiden Gruppen?

Experte: Der Fachmann kann sie leicht auseinanderhalten. Die Wichtelmänner haben alte Gesichter, und jeder von ihnen trägt einen Bart. Die Buzemänner sind meist kleiner als die Wichtelmänner und bartlos.

Interviewer: Man redet immer nur von Wichtelmännern und Buzemännern. Gibt es eigentlich keine Wichtelfrauen und Buzefrauen?

Experte: Da treffen Sie einen wunden Punkt. Hier kann die Wissenschaft noch keine befriedigende Antwort geben. Man ist nicht sicher, ob die Zwerge ihre Frauen so gut verstecken, daß sie kein Mensch zu Gesicht bekommt, oder ob die Blumenfeen die weibliche Form der Zwerge sind. In diesem Bereich tappen wir noch im Dunkeln. Wir hoffen, mit staatlicher Hilfe unsere Forschungen intensivieren zu können.

Interviewer: Wie erklären Sie sich, daß man so wenig von den Buzemännern hört?

Experte: Das ist leicht zu verstehen. Die Buzemänner zeigen sich den kleinen Kindern während einer Zeit, die später aus ihren Gedächtnis gestrichen wird. So kommt es, daß die meisten Kinder, wenn sie so alt sind, daß sie zur Schule gehen dürfen, sich nicht mehr an die Buzemänner erinnern können, obwohl sie doch mit ihnen gelacht und gespielt haben.

Interviewer: Haben Erwachsene überhaupt keine Chance, einmal einen Buzemann zu Gesicht zu bekommen?

Experte: Nicht unbedingt. Von alten Omas und Opas, die gerne Geschichten erzählen, lassen sie sich hin und wieder im Vorbeihuschen sehen.

Interviewer: Können Buzemänner für Menschen gefährlich werden?

Experte: Das kann man nicht behaupten. Buzemänner sind, soweit uns bekannt ist, durchaus gutartig, aber neckisch. Es kann vorkommen, daß sie einem Erwachsenen, den sie nicht leiden mögen, einen Streich spielen.

Interviewer: Sind die Buzemänner in jedem Hause anzutreffen?

Experte: Das wäre sehr schön und ein Segen für die kleinen Kinder. Es ist aber leider nicht so.

Interviewer: Dann verraten Sie uns doch bitte einmal, wo man Buzemänner finden kann!

Experte: Buzemänner lieben Fachwerkhäuser, Häuser mit Bruchsteinmauerwerk, Häuser mit Holzdielen in den Wohnräumen und Kalkputz an den Wänden. Wo in den Herden der Wasserkessel summt, wo das Brennholz in der Backröhre trocknet, wo in Wandkästen Fidibusse aus Kienholz stecken, wo aus der guten Stube die Pendeluhr mit Glockenschlag die Zeit anzeigt, dort fühlen sich Buzemänner zu Hause. Sie lieben die Häuser, in denen der Boden des Kellers aus Lehm gestampft ist, wo Flaschen mit Schlehenwein seit Jahrzehnten vergessen hinter zerbrochenen Schindeln schlummern, wo das Kraut im hohen Tontopf gärt.

Buzemänner lieben Häuser, wo im Gebälk des Dachbodens, an Schnüren aufgereiht, Birnen- und Apfelschnitzel dörren. Dachböden, auf denen in Truhen Erinnerungsstücke aus Urgroßelterns Zeiten ruhen.

Sie lieben Häuser, wo im Vollfrühling der Fliederduft durch die Zimmer weht und in deren Gärten im hohen Birnbaum der Distelfink nistet.

Interviewer: Woran kann man erkennen, ob sich ein Buzemann im Hause aufhält?

Experte: Schulkinder und Erwachsene können im allgemeinen - ich sagte es schon - die Buzemänner nicht sehen. Aber sie können die Erscheinungen wahrnehmen, welche die Buzemänner auslösen.

Klirren im geschlossenen Geschirrschrank Teller und Tassen, hat ein unvorsichtiger Buzemann daran gestoßen.

Bewegt sich ohne Zugluft die Gardine, huscht ein Buzemann über das Festerbrett.

Wirbeln Späne, Papierfetzen oder Wollflusen in einer Stubenecke auf, dreht ein Buzemann gerade ein Tänzchen.

Schwingt die Deckenlampe anscheinend wie von selbst hin und her, schaukelt ein Buzemann auf ihr.

Verschwinden die Krümel vom Kuchenteller, so hat der Buzemann eine Mahlzeit gehalten.

Interviewer: Sicher gibt es noch weitere Anzeichen. Wir möchten allerdings gerne wissen, wofür es gut ist, einen Buzemann im Hause zu haben.

Experte: Man sagt, daß in einem Hause, in dem ein Buzemann lebt, niemals der Blitz einschlage. Das konnten wir bisher nicht nachprüfen.

Aber wenn kleine Kinder im Hause sind, halten wir einen Buzemann für unentbehrlich. Er bewahrt sie vor allerlei Unheil.

Droht einem Baby in der Wiege Gefahr, verursacht der Buzemann Geräusche, damit die Mutter erschrickt und schnell nach ihrem Kindlein schaut. Er läßt ein Löffelchen zu Boden fallen oder den Vogel im Käfig flattern. Da ist er sehr einfallsreich.

Jeder hat schon einmal beobachtet, daß ein kleines Kind in der Wiege irgendwo hinschaut, lacht und sich freut. Man selber entdeckt nichts Bemerkenswertes. Dann soll man das Kindchen nicht stören; denn Buzemann unterhält es gerade. Er tanzt ihm ein Tänzlein vor, treibt Firlefanz, wiegt sich im Takt und versucht dem Kindlein den Schlaf zu bringen.

Wo Buzemann haust, sind selten Schreihälse zu Hause. Buzemann liebt kleine Kinder und tut ihnen nur Gutes.

Interviewer: Sie haben mich davon überzeugt, daß es vor allem für Eltern mit kleinen Kindern gut wäre, einen Buzemann im Hause zu haben. Gibt es ein Rezept dafür, wie man Buzemänner anlocken kann?

Experte: Keines, das unfehlbar helfen würde. Heute ist es schwer, einen Buzemann in sein Haus zu bekommen. In manchen Neubausiedlungen lebt kein einziger Buzemann. Buzemänner lieben keine glatten Betonbauten, nicht die fugenlosen Fenster, die keinen Luftzug einlassen. Sie lieben auch nicht die vielen, oft überflüssigen, technischen Geräte und nicht das grelle Neonlicht.

Interviewer: Ich fragte nach Rezepten, wie man einen Buzemann bei sich heimisch machen kann.

Experte: Entschuldigen Sie, darauf wollte ich gerade kommen. Ich bin auf diese Frage vorbereitet und habe mir einige Notizen gemacht. Darf ich sie vorlesen?

Interviewer: Ich bitte darum.

Experte: Anleitung, einen Buzemann in sein Haus zu locken!

Vermeide während der Dämmerstunde elektrisches Licht! Zünde lieber eine Wachskerze an!

Laß an jedem Tage die Spieluhr eine sanfte Weise spielen!

Hänge einen Strauß Lavendel und Rosmarin in Deinen Flur!

Lege eine Quitte auf Deinen Kleiderschrank!

Wirf die Apfelkrotzen nicht fort! Hänge sie an Schnüren an die Dachrinne oder an einen Ast!

Erzähle Deinen Kindern jeden Tag eine Geschichte, vor allem die, welche Dir Deine Großmutter erzählt hat, als Du klein warst. Kennst Du keine Geschichten, dann erfinde welche!

Interviewer: Schönen Dank! Ich würde mich freuen, wenn es uns gelingen würde, mit Hilfe ihrer Anregungen den Buzemann in unseren Häusern wieder einzubürgern.

Experte: Erlauben Sie, daß ich noch etwas hinzufüge. Vielleicht glauben Sie es nicht, aber es gibt wirklich Menschen, die keine Buzemänner mögen. Sie sagen, was brauche ich einen Buzemann, mein Baby hat Fernsehen, Sandmännchen ist Buzemann genug.

Andere bezeichnen Buzemänner gar als Ungeziefer, das ausgerottet werden müßte.

Interviewer: Das ist ja ungeheuerlich!

Experte: Damit diese Leute gar nicht erst den Versuch machen, den Buzemännern etwas anzutun, verrate ich, wie man sie vertreiben kann. Laßt den Fernsehkasten laufen, solange er Bilder ausstrahlt. Das einige Wochen durchgehalten, vertreibt den zähesten Buzemann. Es genügt auch, das Radio oder eine Stereoanlage täglich ein paar Stunden in voller Lautstärke dröhnen zu lassen. Ein Buzemann sucht im Gegensatz zum Menschen das Weite, ehe er verrückt wird.

Zum Schluß ein Mittel, das todsicher hilft. Versprühe in allen Räumen deines Hauses ein Insektenvertilgungsmittel! Den Geruch finden Buzemänner scheußlich. Sie verlassen das Haus sofort und für immer.

Interviewer: Da kann man den Giftsprühern nur wünschen, daß sie sich nicht selbst umbringen.

Nun meine letzte Frage: Ist es wirklich sicher, daß es die Buzemänner tatsächlich gibt?

Experte: Beweisen läßt es sich kaum, weil sie nur von Kleinkindern gesehen werden, die ihre Erinnerung daran verlieren, wenn sie aus dem Krabbelalter heraus sind.

Wer meine Ratschläge zum Anlocken von Buzemännern befolgt, in dessen Heim wir es recht bald beinahe so sein, als ob es einen Buzemann in seiner Wohnung gäbe.

Man sollte die Buzemanngeschichten lesen. Manches wird durch Geschichten Wirklichkeit.

Ein Buzemann im Lehrerhaus

In einem alten Lehrerhaus im Salzbödetal hatte es schon immer einen Buzemann gegeben. Die Lehrer dort waren von jeher rechte Käuze gewesen. Das mögen die Buzemänner.

Als der junge Schlimm die Lehrerstelle übernahm, sollte alles anders werden. Das hatte er sich vorgenommen. Er war ein moderner Lehrer. Mit dem Fortschrittsbesen wollte er alle Buzemänner und den gesamten Geisterspuk aus dem Salzbödetal vertreiben.

Er wurde bitterböse, als seine Frau erzählte, sie freue sich darüber, daß es im Lehrerhause einen Buzemann gäbe. Buzemänner brächten Glück ins Haus.

Schlimm schimpfte: „Wie kannst Du als Lehrersfrau solch einen Unsinn reden. Du wirst mich mit Deinem Aberglauben vor allen Leuten blamieren."

Buzemann saß auf dem Schreibtisch und dachte: „Wenn der Lehrer keinen Buzemann kennt, dann soll er einen kennenlernen."

Er blies in das Buch, in dem Schlimm las, so daß die Seiten verschlugen. Während Schlimm die richtige Seite suchte, ließ Buzemann einen Bleistift auf die Erde rollen.

Als Schlimm sich bückte, um den Bleistift aufzuheben, schob Buzemann den Schreibblock, auf dem das geöffnete Tintenfaß stand, über den Schreibtischrand.

Als Schlimm sich aufrichtete, stieß er mit dem Kopf gegen den Block und kippte das Tintenglas um.

Und als er den Mund aufriß, um nach seiner Frau zu rufen, blies ihm Buzemann eine Daunenfeder mit Hühnermist in den Mund.

Schlimm spuckte, schimpfte und fluchte. Als seine Frau wissen wollte, was geschehen sei, schrie der Lehrer wutentbrannt: „Ich bring ihn um! Ich bring ihn um!"

Als sie erstaunt fragte: „Wen willst Du umbringen?", schrie er: „Den Buzemann selbstverständlich! Den Buzemann!"

Wen wunderts, daß seine Frau sich wunderte.

Schlimm macht Jagd auf Buzemann

Für einen, der nicht daran glaubt, daß es Buzemänner gibt, benahm sich Schlimm recht sonderbar. Er fertigte sich eine Art Fliegenklatsche aus hartem Leder an, und man konnte leicht raten, wen er damit unschädlich machen wollte.

Buzemann jedenfalls fürchtete sich nicht. Sollte Schlimm getrost „Blinde Kuh" spielen. - Oh wie das paßt! Kühe sind Rindviecher. -

Der Lehrer brauchte sich nicht einmal die Augen zu verbinden. Den Buzemann konnte er höchstens sehen, wenn der sich sehen lassen wollte.

Wo es knackste oder knarrte, vermutete Schlimm den Buzemann. Er schlug blindwütig nach allen Seiten. Ein altes Schulhaus macht viele Geräusche.

Schlimm wurde immer wütender, Buzemann immer fröhlicher. Er hatte selten Gelegenheit, mit einem Lehrer Kriegen zu spielen.

Buzemann wurde übermütig. Er setzte sich sogar auf den Kopf des Lehrers, und Schlimm schlug sich vor lauter Jagdeifer selbst aufs Haupt.

Buzemann traf er nicht. Der huschte wie ein Eichkätzchen die Gardine hinauf. Man erkannte es daran, daß der Gardinenschal wehte.

Schlimm riß die Gardine vom Fenster. Aber Buzemann saß schon auf dem Bücherschrank und ließ sich einen Augenblick lang sehen.

Da zog sich Schlimm die Schuhe aus. Buzemann traf er nicht. Ein Schuh zertrümmerte die Glasscheibe in der Tür des Bücherschrankes. Der andere hinterließ einen schwarzen Schuhcremestreifen an der Tapete.

Auf der Straße vor dem Schulhaus waren die Leute stehengeblieben und schauten, was im Lehrerhaus vorsichging. Sie sahen den tobenden Schlimm die Gardinen vom Fenster reißen und mit Schuhen um sich werfen.

50

Die Leute schüttelten die Köpfe und sagten: „Unser Lehrer muß verrückt geworden sein."

Am nächsten Morgen erkundigte sich der Bürgermeister, ob es dem Herrn Lehrer wieder gut ginge und er Schule halten könne.

Da schämte sich Schlimm. Er konnte doch nicht zugeben, gegen Buzemann gekämpft zu haben. Der Bürgermeister hätte ihn am Ende noch für abergläubisch gehalten. Dabei war er ein moderner junger Lehrer.

Ehe der Bürgermeister ging, klopfte er Schlimm freundschaftlich auf die Schulter: „Na, es scheint ja wieder zu gehen. Übrigens, was ich Ihnen schon längst einmal sagen wollte: Im Schulhaus gibt es einen Buzemann. Ich rate Ihnen, sich nicht mit ihm anzulegen. Sie würden den Kürzeren ziehen!"

Wie Buzemann Schlimm vom
Saufen kurierte

Richtig lustig wird das Leben, wenn wir mal ein Gläschen heben. Nach diesem Motto lebte Schlimm. Er hob aber nicht nur gelegentlich mal ein Gläschen. Schlimm war in schlimme Gesellschaft geraten. Und das Schlimme daran war, daß er Gefallen daran gefunden hatte.

Im Dorfe machten die Leute ihre Witze. „Wenn einer säuft, dann ist das schlimm. Wenn einer säuft, ist das der Schlimm!"

Die Leute konnten darüber lachen. Schlimms Frau war das Lachen vergangen. Und wenn Schlimm betrunken war, hatten die Kinder auch nichts zu lachen.

Seine Frau versteckte die Flaschen mit dem gefährlichen Inhalt. Darum versteckte Schlimm die Flaschen, damit seine Frau die Flaschen nicht verstecken konnte. Buzemann versteckte dann die versteckten Flaschen noch einmal, damit Schlimm sie nicht wiederfinden konnte.

Wenn Schlimm keine Flasche finden konnte, besuchte er seinen Freund im Nachbardorf. Der machte aus seinen Zwetschen nicht wie alle vernünftigen Hessen Zwetschenmus, sondern er brannte daraus Zwetschenwasser.

Aber das, was man Wasser nannte, war kein Wasser. Das war hochprozentig und brannte in den Därmen.

Buzemann konnte das Elend der Frau und der Kinder des Schlimm nicht mehr mitansehen, und er beschloß, den Schlimm vom Saufen zu kurieren.

Als Schlimm wieder einmal „auf ein Gläschen" zu seinem Freunde gehen wollte, ließ sich Buzemann in der Tragetasche des Lehrers mitnehmen, in der Schlimm seine „Wegzehrung" für den Heimweg beförderte.

An diesem Abend hatten die Saufkumpane einen unsichtbaren

Gast am Tisch. Beim Saufen hielt der nicht mit. Er spielte nur Kellner. Hatte Schlimm sein Glas zur Hälfte leergetrunken, so schenkte Buzemann gleich randvoll nach. So erhielt Schlimm doppelte Rationen. Mehr brauchte Buzemann nicht zu tun. Auf dumme Gedanken kommen Besoffene alleine. Wenn sie einem Kumpanen einen Streich spielten, dann selbstverständlich dem betrunkensten. Das war an diesem Abend Lehrer Schlimm.

Der war so betrunken, daß er nicht mehr erfaßte, was mit ihm geschah. Wenn die anderen lachten, lachte er dösig mit.

Er lachte auch noch, als ihn seine Kumpane in die Schubkarre setzten, mit welcher der Bauer sonst den Mist aus dem Stall auf den Misthaufen karrte.

Sie befestigten Stallaternen an Bohnenstangen, zündeten die Lichter an, und dann setzte sich der Zug in Bewegung. Auf der abschüssigen Straße torkelten sie von links nach rechts und von rechts nach links.

Mehr als einmal kippte die Schubkarre um, und sie mußten den durchgerüttelten Schlimm wieder in die Karre packen. Das war mühsam.

Wo Zwetschenbäume am Straßenrand standen, hielten sie an, um dem Baume zuzuprosten. Einer stellte sich unter den Zwetschenbaum und rief:

„Gelobet sei der Zwetschenbaum,
gelobt der Zwetschen Saft.
Den Schlimm, den hat es umgehaun,
doch uns gab er viel Kraft!"

Als sich der Zug wieder in Bewegung setzte, begann einer nach einer allen bekannten Melodie zu singen:

„O Zwetschensaft, o Zwetschensaft,
Du hast den Schlimm ganz schön geschafft.
Es hat der Saft vom Zwetschenbaum
den armen Schlimm glatt umgehaun.

O Zwetschensaft, o Zwetschensaft,
Du hast den Schlimm ganz schön geschafft!"
Zu mehr Text reichte ihre Dichtkunst nicht. Aber mehr Text brauchten sie auch nicht zum Singen. Sie wiederholten immer die selben paar Sätze. Gröhlend zogen sie ins Tal.

Kurz nach Mitternacht waren sie am Ziel. In den Dörfern gehörte früher zu jedem Schulhaus ein kleines Wirtschaftsgebäude, damit sich die Lehrer ein bißchen Kleinvieh halten konnten. Auch Schlimm fütterte zwei Wutzchen, um den kargen Lehrerlohn zu strecken.

Die Saufkumpane brachten Schlimm in seinen Stall und warfen ihn zwischen die Ferkel. Einer fand auch noch ein paar passende Worte: „Hin mit ihm, wo er hingehört, das Schwein zu den Schweinen!"

Klug gesprochen. Aber richtig wäre es gewesen, wenn sie sich allesamt dazu gelegt hätten.

Ich weiß nicht, wie die Saufbrüder nach Hause gekommen sind. Die Mistkarre hat man am nächsten Tage an der Salzböde gefunden.

Die Frau Lehrer mußte anderntags die Schulkinder nach Hause schicken. Sie sagte, der Herr Lehrer sei plötzlich krank geworden.

Die arme Frau verging vor Angst und Kummer; denn sie glaubte, ihrem Manne sei etwas zugestoßen. Sie wollte nur noch das Vieh füttern und dann zum Gendarmen gehen, um ihren Mann als vermißt zu melden.

Als sie das Schweinefressen in den Trog schüttete und sich die Ferkel grunzend an den Trog drängten, krabbelte auch Schlimm aus dem Stroh.

Man kann sich besser vorstellen als beschreiben, wie dumm Schlimm dreingeschaut haben muß, als ihm sein Morgenfrühstück im Schweinetrog serviert wurde. Ganz allmählich dämmerte ihm, was geschehen sein mußte.

Ich kann nur bestätigen, was mancher schon ahnt. Schlimm hat in seinem ganzen Leben nie wieder einen Schnaps getrunken. Er wurde ein angenehmer Hausgenosse für seine Familie und den Buzemann.

Huckebär

Nicht weit hinter der hessischen Grenze im Wittgensteiner Land, wo das Lahntal eng und die Lahn noch jung ist, mündet eine holprige Straße in eine Chaussee, die vom Siegerland ins Hessische führt. Damals war sie noch ein einsamer Feldweg, über den man in das uralte Walddorf gelangte, das keinen anderen Zugang zur Welt kannte.

Man weiß, welches Dorf gemeint ist, wenn ich sage, daß die winzige Dorfkirche mit ihren meterdicken Mauern von Bonifatius gegründet worden sein soll und den Bauern Andachtsstätte und Burg in einem war. Nie haben die Menschen vergessen, daß am gleichen Ort ihre Vorfahren unter der Donareiche den Asen geopfert haben.

Die Bauern des Dorfes waren nicht mit Reichtümern gesegnet, denn das Land war karg und die Sommer kurz, die Gewitter mit ihren Sturzregen heftig und die Winter lang und hart.

Aber wer genügend Äcker und Wiesen besaß und darüber hinaus einen Waldanteil sein eigen nannte, konnte gut leben. So gab es auch hier wie überall, wenn auch nach anderen Maßstäben, arm und reich.

In diesem Dorfe wohnte ein Mann mit seiner Familie, der war ärmer als die Ärmsten; denn ihm gehörte außer einem Gärtchen neben seinem armseligen Häuschen und einem Acker am Waldrand nichts, was sich zu erwähnen lohnte.

Er verdingte sich gegen Erntegut zur Feldarbeit, wo immer man einen Mann brauchte, der kräftig zupacken konnte. Er half beim Dreschen, und wenn er Glück hatte, fand er wintertags im Holzwald eine Arbeit. Dabei schonte er sich nicht.

Seine Kinder zogen in die Welt, sobald sie flügge wurden. Sie dienten als Mägde oder Knechte im Hessischen, gingen im Rheinland in Stellung oder arbeiteten in den Gruben oder Eisenhütten im Westfälischen.

Der Feldarbeiter war alt geworden. Die Dienste seiner kraftlosen Arme und gichtigen Beine waren nicht mehr gefragt. Aus seiner

Armut wurde bittere Not. Um sich zu ernähren, hielt er Nachlese auf abgeernteten Feldern, sammelte Reisig im Walde und pflückte die Beeren an den Wegrändern.

Sein Weib war ebenso tapfer wie er. Beide waren dem Leben nichts schuldig geblieben. Doch das Leben spielte den früh Gealterten noch einen Streich.

Das Schicksal legte ihnen ein Kind in die Wiege, einen Sohn. Einen Winzling, der mit beiden Händen nach dem Leben griff.

Sie nannten ihn Gotthilf. Man spürte das Flehen, das sie in den Namen legten.

Gottes Werkzeuge sind die Menschen. Wenn sie ihre Herzen verschließen, sind Gottes Werkzeuge stumpf.

Die armen Alten fanden keine Hilfe. Man spottete über sie, die Alten sollten beizeiten den Flegel in die Ecke stellen und das Dreschen den Jungen überlassen.

So waren sie auf sich gestellt und spürten ihr Unvermögen, dem Kinde das zu geben, was es brauchte. Mit der Verzweiflung kamen die Zweifel, ob sie vor dem richtigen Altar gekniet hatten.

Sie erinnerten sich der Geschichten aus alter Zeit, nach denen Feen und Waldmänner ausgesetzte Kinder zu sich genommen hatten, um sie sich wesensgleich zu machen, da ihnen selbst leibliche Kinder versagt blieben. Als Wotanskinder sollen die Ausgesetzten in der anderen Welt ein glückliches Leben führen.

Mit blutenden Herzen machten sich die beiden Alten auf, um ihr Kind für eine glückliche Zukunft den alten Göttern zu schenken. Weit draußen vor dem Dorf legten sie den Knaben auf ihr bestes Daunenkissen. Den Unirdischen opferten sie Nüsse vom Haselstrauch, den Honig wilder Bienen und einen Krug mit Ziegenmilch.

Bebend sprachen sie den Zauberspruch, der die Feen herbeirufen sollte. Die Worte sind nicht überliefert. Von Holden ist die Rede, die das Kind am Holderstrauche holen sollten.

Weil sie aber nicht sicher waren, ob sie sich recht erinnert und die richtigen Worte gewählt hatten, knieten sie nieder und sprachen auch einige Vaterunser, damit sich Gott des Kindes erbarme, wenn die Feen es verschmähten.

An jenem Tage kam ein plötzliches Ungewitter. Die Regenflut brachte den Ackerrain ins Rutschen, und Erde und Kies begruben das Kind.

Als das Unwetter über das Tal hereinbrach, kamen den Eltern Zweifel, ob sie recht gehandelt hatten. Zweifel sind Dornen! „Es gibt mehr Unholde als Holde," sagte die Mutter, „ich hole mein Kind zurück!"

Sie kämpften sich durch Sturm und Regen, doch das Unglück war bereits geschehen. Mit ihren Händen buddelten sie das Kind aus dem schlammigen Schiefergrus.

Das Kind blieb am Leben. Die Vaterunser hatten wohl doch geholfen. Aber es hatte einen Schaden erlitten, einen sichtbaren am Bein und einen unsichtbaren im Kopf.

Ehe der Junge den Kinderschuhen entwachsen war, starben beide Eltern. Eine ältere Cousine aus dem Nachbardorf, die sich gut verheiratet hatte, nahm sich des Kindes an.

Gotthilf verließ die Schule, ohne Lesen und Schreiben gelernt zu haben. Aber als Hausbursche konnte er sich trotzdem seinen Lebensunterhalt verdienen.

Gotthilf hinkte fröhlich durchs Leben, ertrug geduldig die Spottverse der Kinder und machte sich über sich selbst lustig:

„In meinem Kopf, da bin ich dumm.

Nach meinem Tod, da geh ich um!"

Das war eine fixe Idee geworden. Irgendein Wichtigtuer hatte behauptet, wer den Unirdischen versprochen worden sei, den ließen sie sich nicht nehmen. Den Gotthilf würden sie auch zum Gespenst machen.

Will das Volk ein Gespenst haben, dann läßt die Geisterwelt es nicht im Stich. Als Gotthilf starb, setzten sie die Zeichen. An seinem Todestage tobte zwischen den Bergen ein Gewitter, gerade so heftig wie an jenem Tage, als er den Unirdischen zugeeignet worden war.

Die Flüsse schwollen, und die Raine rutschten. Um die Mittagszeit wurde es so dunkel wie zur Mitternacht.

Weil den Trägern der Sarg zu leicht vorkam, öffneten sie den Totenschrein noch einmal, ehe er ins Grab gesenkt werden sollte. Der Sarg war leer. Brauchte es eines weiteren Beweises, daß Gotthilf sich der Geisterschar zugesellt hatte?

Wer wollte nun noch glauben, daß Gotthilf zu seinen Lebzeiten schon seinen Leichnam der Anatomie in Marburg verkauft hatte.

Seit dem Tage, als man den leeren Sarg in das Grab gesenkt hatte, ging es um, dort wo die holprige Straße in die Chaussee mündet, die von Siegerland ins Hessische führt, nicht weit von jenem Holderstrauch, an dem die Eltern einst ihr Kind ausgesetzt hatten.

In alten Zeiten, als der Lärm der Motoren noch nicht die Heimlichen und die Unheimlichen verscheuchte, tappsten die Wiedergänger nicht nur durch unsere Träume.

In der Gestalt eines plumpen Bären, bei dessem torkeligen Gang man kaum merkte, daß er hinkte, streifte es vom Abenddämmer bis zum Morgengrauen durch die Felder, gleich, ob die Nacht sternenklar war, Nebel die Wiesen deckte oder die Wolken das Mondlicht schluckten.

Kam ein einsamer Wanderer vorüber, trat er plötzlich aus dem Wegrandgebüsch, hockte auf und machte sich immer schwerer. So ließ er sich schleppen, bis der Wanderer in die Nähe der Behausungen kam. Auch wenn ein anderer Mensch sich näherte, sprang er ab und trabte zurück.

Mir ist er nie begegnet, obwohl ich den Weg oft zur Schummerzeit und manchmal auch bei Nacht allein gegangen bin.

Wenn mir etwas im Nacken saß, dann war es nur die Angst. „Dreht Euch nicht um, Huckebär geht um!"

Ich selbst habe ihn nie gesehen. Aber ich habe Leute gekannt, die Leute gekannt haben, denen er aufgesessen war.

Hatz die Katz

Es war zu der Zeit, als der Mist noch vor den Haustüren lag und Jauche durch Straßenrinnen floß, als man aus Brunnen Wasser schöpfte und sonntags in der guten Stube weißen Sand auf den Boden aus gestampftem Lehm streute.

Da wohnte im hessischen Wetter, dessen Bürger sich Wetteraner nennen, ein altes Weib in einer steilen Gasse, die zum Marktplatz führt.

Abends verwandelte sich die Alte in eine Katze, sprang den Leuten auf die Schulter und ließ sich bis zum Marktplatz schleppen. Wem sie auf der Schulter lastete, der hatte schwer zu wuchten; denn in der Katze steckte das Gewicht des Weibes.

Arme alte Weiber! Ihr wart jung und schön. Ihr habt geheiratet, Kinder geboren und großgezogen und euer Leben lang hart gearbeitet.

Was ist der Dank?

Wenn ihr alt seid, macht man euch zu Gespenstern. Die Kerle, die euch verteidigen müßten, haben sich längst davongemacht. Die singen im Himmel mit den Englein Halleluja.

Es gibt Leute in Wetter, die behaupten, es sei nicht möglich, daß sich eine alte Frau in eine Katze verwandeln könne. Das sei Unfug.

So ein Unfug! Das ist bewiesen. Es gibt wettersche Bürger, die können dafür einen Zeugen nennen.

Als ich noch jung war, waren die schon alt, die als Jungen in der Gasse ihre Spielchen trieben. Tagsüber machten die Jungen Jagd auf die Katzen. Da flogen die Steine. Da flitzten die Katzen.

Sie warfen nach den Katzen, aber sie meinten das Weib. Daher war es nicht verwunderlich, daß sie, durch die Katzenhatz an Steinigen gewöhnt, auch einmal Steine warfen, als das Weib an einem Spätwintertag in der Gasse Asche streute.

Während sie die Katzen stets verfehlten, traf einer die alte Frau am Kopf.

Jetzt konnten sie schneller laufen, als die Katzen springen konnten. Man kann verstehen, daß die Helden nicht mit ihrer Tat prahlten. Selbst wenn es ihnen nicht bewußt gewesen wäre, daß sie unrecht gehandelt hätten, so wußten sie doch, daß die Lehrer in der Schule den Stock zu schwingen wußten.

Der Arzt mußte kommen und die Frau behandeln. Er legte ihr einen Kopfverband an. Sie weigerte sich, jemanden anzuzeigen. „Ach, das sind doch nur Dummejungenpossen," sagte sie.

Am Abend des selben Tages wankte ein Zecher, der im Gasthaus „Zum Alten Fritz" seinen üblichen Dämmerschoppen gehalten hatte, durch die verrufene Gasse nach Hause.

Er sah eine Katze und warf einen Stein. Er war einer von denen, die sogar nüchtern ein Scheunentor verfehlen. Aber wie es der Zufall wollte, der Besoffene traf die Katze am Kopf.

Herrjeh, können Katzen entsetzlich menschlich schreien!

Am nächsten Morgen sah er das alte Weib mit dem Kopfverband. Gewußt hatte man es schon immer. Jetzt hatte man den Beweis!

Übrigens, heute könnte so etwas nicht mehr vorkommen. Der Tierschutzverein würde dafür sorgen, daß niemand mit Steinen nach Katzen wirft.

Die Jungfrau auf dem Katzenstein

Das steht in keinem Reiseprospekt, obwohl es auch eine Attraktion sein könnte. Das liegt sicher daran, daß nur wenige Menschen die Gabe haben, auch die Unsichtbaren zu sehen.

Der Katzenstein bei Waldeck am Edersee gehört zum Tummelplatz der Wesen aus der anderen Welt. Am dumpfen Duft des Türkenbundes erkennen die Kundigen den Ort, den die Geister zeichnen.

Wenn du Mut hast, magst du in Vollmondnächten dort spazieren gehen. Wer weiß, vielleicht entdeckst du bei dir die Gabe zu sehen, was den meisten verborgen bleibt.

Im Mondlicht lockt ein hübsches Weib vom Katzenstein herab den Mann, der durch die Wälder streift.

Es gibt keinen Mann, der sich nicht dem Felsen begehrlich näherte. Aber wenn er dann ihr zum Greifen nahe am Fuß des Steines steht, faucht ihn eine wilde Katze an.

Dann traut er seinen Sinnen nicht. Das kann man verstehen. Woher soll er wissen, daß Zauber mit im Spiele ist.

Seit unvordenklichen Zeiten ist es so, daß auf dem Katzenstein die Schönen sitzen müssen, die in ihrem Liebsten die Glut der Liebe entfachen und ihnen dann das Glück der Liebe versagen.

Solang sind sie für alle Vollmondnächte auf diesen Stein in zwiefacher Truggestalt gebannt, bis sie durch eine andere, die ihr Spiel mit den Männern treibt, abgelöst werden.

Wenn Du einmal an eine solche gerätst, kannst Du sie zum Spuke machen.

Sowie Du den Bannspruch sprichst, wird sie zur Mondscheinattraktion. Sag nur:

>,,Willst Du nicht meine Liebste sein,
>   wünsch ich Dich auf den Katzenstein!"

Ist es nicht ungerecht, daß immer nur Frauen auf dem Katzenstein hocken müssen?

Ich bin auch dafür, daß Frauen nicht benachteiligt werden. Aber, kennt einer einen Kater, der erst schnurrt und maunzt und dann die Krallen zeigt?

Kennt Ihr den Nachtraben?

Der Nachtrabe ist ein Angstmachegespenst. Mit ihm droht man den kleinen Kindern, wenn sie abends nicht ins Bett gehen wollen, oder den Mädchen, damit sie nicht in den Wald laufen.

Ich weiß nicht, ob es den Nachtraben nur in Hessen oder auch in anderen Teilen unseres Vaterlandes gibt. Hier scheint er jedenfalls recht munter zu sein.

Man macht sich natürlich seine Gedanken über die Gespenster. Sind sie Trugbilder oder Gespenster, die sich ein „Spinner" ausgesonnen hat?

Es gibt Leute, die behaupten, alle Gespenster seien Wiedergänger, Menschen, die aus dem Schattenreich zurückgekehrt seien.

Ich werde mich hüten zu sagen, der Nachtrabe sei dieser oder jener. Aber man darf berichten, was wahr ist. Dann mag jeder selbst zusammenzählen, ob eins und eins drei sind.

Während des Dreißigjährigen Krieges ritt ein Förster mit dem Namen Noll durch den Burgwald und sorgte dafür, daß es der Tafel des Landgrafen nicht an Wildbret mangelte und den Wiegen in den Kammern der Bauern nicht an Schreihälsen.

Auch des Oberrospher Pfarrers Tochter brachte im Laufe der Jahre drei Nolle zur Welt. Das wäre eigentlich nicht nötig gewesen, wo der Noll schon genug Kinder mit seiner eigenen Frau hatte.

Der Noll war ein großer Jäger, aber er jagte nicht nur das Wild in den Wäldern. Vor ihm verschlossen die Bauern Scheunen, Ställe und Kammern.

Die Jagd war nicht seine einzige Leidenschaft. Er konnte mehr saufen, als ein Wirt brauen konnte. Wenn er fluchte, hielt sich sogar der Teufel die Ohren zu. Wo er hinschlug, wuchs kein Gras mehr.

Nolls Wahlspruch war: Hauen, Stechen, Schießen soll der Mann genießen!

Über sein wüstes Leben und seine Übergriffe beschwerten sich nicht nur die Bauern, sondern auch der Pfarrherr bei der Obrigkeit.

Aber der Landgraf hielt seine Hand über ihn. Gott wird wissen warum!

Als die recht- und gesetzlosen Tage des großen Krieges zu Ende gingen, endete auch das wüste Leben des reitenden Försters im Burgwald. Noll starb im Jahre 1648. Ob der Pfarrer am Grabe wohl die Worte gesprochen hat: Der Herr hat ihn zu sich genommen!?

Schon bald nach seinem Tode gab es Leute, die einen gesehen haben wollten, der wie ein Jäger aussah und dem Noll glich.

Wenn das aber nun der sein sollte, der schon einmal dagewesen war, mußte er sich gewaltig geändert haben, oder die Chroniken haben übertrieben.

Der, den man Nachtrabe nannte, machte nur derbe Scherze und foppte die Leute. Die Männer traf es härter als die Weiber.

Auf den Kirmessen war immer ein fremder Kirmesbursche. Und wenn es zu einer Schlägerei kam, dann haute der munter mit. Das paßte gut. Aller Schaden, der entstand, schob man ihm zu.

„Das war der Noll!" hieß es, und gemeint war der Nachtrabe. Und der war nicht zu fassen.

Von den Mädchen verlangte er Wegezoll. Er stand an den Straßen, am liebsten an Kreuzwegen und lauerte den Frauen auf. Die ihm keinen Kuß geben wollten, mußten umkehren.

Jeder behauptete, das sei der Noll, obwohl ich mir schon denken könnte, daß einer auf den Einfall gekommen sein könnte, sich als Nachtrabe zu tarnen, um Straßenraub zu üben.

Die Nolle sind selbstbewußte Leute. Die lachen darüber, daß man ihren Vorfahren zum Gespenst machen will. Manche sind sogar stolz darauf, daß man von einem Burschen, der sich als Raufbold und Weiberheld einen Namen macht, sagt:

Er ist so wild, er treibts so toll,
wie einst im Burgwald Förster Noll.

Von einem, der den Nachtraben kennenlernen wollte

Wenn von Gespenstern die Rede ist, machen sich die einen vor Angst in die Hose, die anderen vor Lachen. Die einen fürchten einem Gespenste zu begegnen, und die anderen bedauern, daß ihnen noch kein Gespenst über den Weg gelaufen ist.

Es wäre einfach, ein Gespenst zu erkennen, wenn sich die Gespenster an die Regel hielten, mit einem Bettlaken über dem Kopfe durch die Landschaft zu laufen. Aber selbst auf die Gespenster ist heute kein Verlaß mehr.

Es heißt, daß der Nachtrabe bei Vollmond besonders rege sei und keinen ungeschoren lasse, der sich beim Licht des vollen Mondes in den Burgwald wage.

Henner will endlich sein erstes Gespenst sehen, wartet bis der Mond schön voll und rund vom Himmel blickt, und stiefelt dann los, nicht ohne seine Büchse mitzunehmen; denn wissen kann man nie...!

Er marschiert in den Wald hinein, setzt sich aber dann nicht weit vom Waldrand entfernt auf eine gefällte Kiefer. Vorsicht hat noch nie geschadet. Und wissen kann man ja nie...!

Es wird kühl. Er friert an Händen und Füßen. Er wird ungeduldig. „Alles Blödsinn, das Geschwätz über den Nachtraben!" denkt er. Wenn Menschen alleine sind und sich unbeobachtet fühlen, benehmen sie sich auch schon einmal kindisch.

Mit einem bißchen Angst vor der eigenen Courage beginnt Henner, erst leise, dann lauter werdend, mit dem Singsang des albernen Kinderspruches, den sich die Kinder beim Spiel auf der Straße manchmal gegenseitig nachrufen: „Nachtrabe, Nachtrabe, stinkender alter Mistknabe."

Ein paar Ästchen knacken. Ein Jäger steht vor ihm. „Na, auch auf der Pirsch?" fragt er.

Erschrocken und verlegen, weil er sich ertappt fühlt, antwortet

Henner: „Ja, aber weder auf Reh, noch auf Hirsch."

„Dann willst Du wohl ein Häschen mit zwei Beinen zur Strecke bringen?"

„Nein!" sagt Henner, „ein Gespenst!"

„Doch nicht etwa den Nachtraben?" fragt der Jäger.

„Gibt es denn hier auch noch andere Gespenster?" fragt Henner keck. Der Jäger lacht: „Vielleicht mich? Aber das wäre ein und dasselbe!" Henner versteht den Hintersinn nicht. Ihn fröstelt. Er wäre am liebsten schon wieder zu Hause. „Ich habe es satt noch länger zu warten," sagt er. „Entweder gibt es den Nachtraben überhaupt nicht, oder er hat Angst vor mir."

„Würdest Du ihn denn erkennen?" fragt der Jäger.

„Bei Vollmond soll er im Wald rumlaufen, sagen die Leute und er soll so gekleidet sein wie ein Jäger, gerade so wie Ihr!"

Plötzlich stutzt Henner.

Der Jäger lacht wieder und fragt: „So wie ich? Vielleicht bin ich es?"

Dem Henner wird es ungemütlich. Der Jäger fährt fort: „Vielleicht seid aber Ihr es. Ihr könntet es auch sein. Ihr lauft bei Vollmond im Walde herum und seht mit Eurer Flinte wie ein Jäger aus."

Henner guckt ziemlich dumm drein.

„Wir können ja die Probe machen, wer von uns beiden der Nachtrabe ist," schlägt der Jäger vor.

„Probe?" fragt Henner. „Wie geht die denn?"

„Oh, das ist einfach," sagt der Jäger. „Wir nehmen unsere Flinte, legen aufeinander an und schießen."

„Was passiert dann?" will Henner wissen.

„Dem Gespenst passiert nichts, " sagt der Jäger. „Kugeln können einem Gespenst nichts anhaben. Der andere fällt tot um!"

Da wollte der Henner die Probe nicht machen; denn er wußte, daß er kein Gespenst war.

Aber ob der andere der Nachtrabe war, hat er nun auch nicht erfahren. Und das ist schade!

Was das Hessenland Klingelhöfers Jettchen verdankt

Klingelhöfers Jettchen ging einmal von Rosenthal nach Schönstadt. Sitzt der Nachtrabe auf einem Meilenstein am Straßenrand und fragt: „Hast Du schon einmal etwas vom Nachtraben gehört?" „Es wird genug von ihm geschwätzt," sagt Jettchen. „Ich bin der Nachtrabe!" sagt der Kerl auf dem Stein und zeigt auf sich.

„Dann mach Dich in den Wald!" spricht Jettchen. „Anständige Gespenster spuken nicht am Tage!"

„Hast Du denn keine Angst vor mir?" fragt Nachtrabe. „An einem Weib, das so alt ist wie ich, vergreift sich nicht einmal ein Gespenst," schimpft Jettchen. „Was kann ich für Dich tun?" fragt der Nachtrabe. „Wenns Dir nicht einfällt," sagt Jettchen, „kannst Du es auch lassen!"

„Das Frauenzimmer ist verdammt nicht auf den Mund gefallen," denkt der Nachtrabe. „Du siehst erbärmlich verhungert aus," stellt Jettchen fest. „Ich glaube, ich kann etwas für Dich tun!", und sie reicht ihm einen echten Hessenkreppel, gefüllt mit Zwetschenmus. „Ein Kuß könnt nicht besser schmecken," lobt der Nachtrabe. „Der ist nur billiger zu haben, und dazu braucht man kein Zwetschenmus," antwortet Jettchen.

„Aber ich bin Dir eine Gegenleistung schuldig," stellt der Nachtrabe fest.

„Dann laß Dir was Gutes einfallen!" fordert Jettchen ihn auf. „Umgekehrt!" sagt der Nachtrabe, „Du mußt Dir etwas einfallen lassen. Du hast drei Wünsche frei. Was es auch sei, ich werde sie Dir erfüllen!"

„Dich Kerle kennt man ja!" empört sich Jettchen. „Da hast Du Dich aber schön in den Finger geschnitten! Ich wünsche mir nicht, was Du Dir wünschst, daß ich mirs wünsche." „Ei, immerzu wird unsereins verkannt," klagt Nachtrabe. Nun wünsch Dir endlich was! Du willst doch sicher noch bei Tag in Schönstadt ankommen."

„Was soll ich mir wünschen?" überlegt Jettchen. „Mein Mann, der
alte Kerle, säuft nicht. Die Kinder sind auch gut geraten. Und die
Frucht steht auch alleweil gut auf dem Halm."

Aber dann fällt ihr doch etwas ein. „Wenn Du das machen
könntest, dann kannst Du machen, daß mein Hefeteig gut geht, mein
Kuchen nie zusammenfällt, daß er nicht schwarz wird und nicht in der
Form hängen bleibt."

„Für ein Mensche, das nicht bis drei zählen kann, bist Du recht
bescheiden," sagt der Nachtrabe. „Ich werde Dir Deine Wünsche

erfüllen und gebe Dir noch eine Portion Sahne obendrauf!" Und dann verriet der Nachtrabe dem Jettchen ein Kuchenrezept, das es in sich hatte. Das war ein Geheimrezept. Er flüsterte es ihr ins Ohr. Deswegen kann ich das Rezept nicht weiterverraten.

Heutzutage braucht man sich nicht extra von Klingelhöfers einladen zu lassen, um diese Köstlichkeit genießen zu können.

Jettchen hatte Kinder. Die erbten das Rezept. Und die Kinder hatten Kinder. Und die Kinder der Kinder hatten Kinder. Und deren Kinder hatten auch wieder Kinder. Da die Kinder alle heirateten, hatten sie auch Schwiegerkinder.

So blieb das Rezept nicht nur bei den Klingelhöfers, obwohl manche Leute glauben, daß sie noch immer die besten Kuchen backen.

Das Rezept und die Kunst, gute Kuchen zu backen, verbreitete sich über das ganze Hessenland. Das ist es, was das Hessenland Klingelhöfers Jettchen verdankt.

Wußtet Ihr das?

Wenn in Hessen zwei Mädchen miteinander flüstern, verraten sie sich ein Kuchenrezept.

Wenn in Hessen zwei Jungen miteinander flüstern, verraten sich sich, welches Mädchen die besten Kuchen backt.

Wenn in Hessen ein Junge und ein Mädchen miteinander flüstern, wird er sie bald fragen: Willst Du für mich Kuchen backen, alle Tage, nicht nur für sonntags, bis daß der Tod uns scheidet?

Hexen

Wenn man über Hexen schreibt, muß man aufpassen, daß man in kein Salbentöpfchen tritt, das eine Hexe angerührt hat. Hexenwissen ist geheim. Wer Hexenwissen verrät, den werden die Hexen strafen. Es gibt Frauen, denen man nachsagt, sie seien Hexen, die aber keine sind.

Es gibt Frauen, die glauben, sie seien Hexen, aber sie sind es nicht.

Es gibt Frauen, die kennen Hexensprüche, versuchen sich in allerhand Hokuspokus, sie wünschen und verwünschen und sind doch nur Blenderinnen.

Dann gibt es die richtigen Hexen, die ich lieber als weise Frauen bezeichnen möchte. Man sollte sie nicht mit den weißen Frauen verwechseln, die auf Burgen und Schlössern spuken.

Geschichtenhexen sind erfundene Hexen. Die kommen aus den Köpfen der Menschen. Sie fliegen auf Besen durch Bücher und purzeln manchmal auch heraus.

Die Riesen der Vorzeit sind bei uns ausgestorben. Nach Wichtelmännchen kann man lange auf der Lauer liegen. Ein Angler bekommt auch keine Nixe mehr an den Haken.

Mit Hexen dagegen bin ich oft in Berührung gekommen. Die Hexen sind mitten unter uns, vor allem aber Menschen, die an Hexen glauben.

Aufklärung

Als ich sieben Jahre alt war, zogen meine Eltern in ein kleines Dorf an der hessisch-westfälischen Grenze, das am Rande des Rothaargebirges auf der westfälischen Seite im Wittgensteiner Land gelegen war.

Bis dahin hatte ich Hexen nur aus Geschichten gekannt. In diesem Dorfe aber wohnte eine leibhaftige Hexe.

Wir hatten uns kaum mit unserer Nachbarschaft bekannt gemacht, als eine unserer Nachbarinnen meine Eltern fragte, ob wir Kinder, meine drei Jahre jüngere Schwester und ich, schon aufgeklärt wären.

Meine Eltern meinten, das hätte noch Zeit, dazu seien wir noch zu jung.

Es handelte sich um ein Mißverständnis. Unsere Nachbarin meinte die Aufklärung über das Hexenwesen. Nach ihrer Meinung mußten Kinder darüber so früh wie möglich aufgeklärt werden, damit sie durch die Hexen keinen Schaden nähmen.

Meine Eltern dagegen fanden, eine Aufklärung über das Hexenwesen sei nicht nötig, da es keine Hexen gäbe. Man müsse die Kinder über den Aberglauben aufklären; denn den gäbe es tatsächlich.

Unsere Nachbarin war über die Zurechtweisung nicht gekränkt. Sie sagte, wer keine Hexe kenne, könnte glauben, daß Hexen nur in Märchen vorkämen. Aber wenn eine Hexe einem etwas angetan habe, sei es schwer, einen Gegenzauber zu finden. Deshalb müsse man vorbeugen.

Sie setzte sich über die Bitte meiner Eltern hinweg, nicht über Hexen zu sprechen. Sowie sie mich alleine erwischte, nutzte sie die Gelegenheit, mich über das Hexentum aufzuklären.

Zuerst nannte sie mir den Namen der Dorfhexe und zeigte mir auch, wo sie wohnte, weil man sich nicht nur vor ihr selbst hüten mußte. Daß von dem Hause der Hexe seltsam erregende Anziehungskräfte ausgingen, merkte ich sehr bald.

,,Hüte Dich vor der Hexe!'' sagte unsere Nachbarin, ,,sie versucht die Kinder in ihre Gewalt zu bekommen." Meine Eltern hatten mich schon so verdorben, daß ich mir nicht vorstellen konnte, was eine Hexe von mir wollte. Mich fressen, doch bestimmt nicht! Ich fragte unsere Nachbarin, was das bedeute „in Gewalt bekommen".

Ich weiß nicht mehr, was sie geantwortet hat, aber unheimlich ist mir wohl geworden. Ich hörte aufmerksam zu.

„Laß Dich niemals von ihr ansprechen!" warnte sie. „Wenn Du sie siehst, gehst Du ihr am besten aus dem Weg. Weich ihr aus!" „Ich kann doch nicht in den Weiher gehen," antwortete ich, „soll ich denn ins Wasser springen?" Das war wirklich ein Problem. Beim Milchholen mußte ich an ihrem Haus vorbei. Auf der einen Seite der Straße war die Häuserzeile, auf der anderen die Teiche.

„Dann guckst Du weg! Dreh den Kopf zur Seite! Sie darf Dir niemals in die Augen schauen! Hörst Du? Wenn sie Dir in die Augen schaut, dann hat sie Dich!"

Allmählich bekam ich Angst, unserer Nachbarin in die Augen zu schauen. So schnell kann man hexengläubig werden. Sie kam mir selbst nicht geheuer vor.

„Wenn Dich eine Hexe etwas fragt, darfst Du niemals dreimal hintereinander mit Ja oder Nein antworten! Hast Du mich verstanden? Wenn es nicht anders geht, mußt Du lügen! Bei einer Hexe darf man das."

Ich bekam schon im Vorhinein Angst, ich könnte mich verzählen. Aber unsere Nachbarin beruhigte mich. „Es gibt viel Abwehrzauber. Man muß ihn nur kennen."

Sie verriet mir auch gleich einen Spruch, den ich dreimal leise vor mich hin sagen sollte, sowie ich die Hexe erblickte. Den Spruch kennt jeder, aber ich kann ihn nicht aufschreiben. Er ist zu unanständig. Das ist eine Aufforderung, bei der die Zunge eine Rolle spielt und ein Körperteil, das man in der Hose versteckt.

Den stärksten Abwehrzauber sollte man nur in einer Notlage anwenden, weil man durch ihn der Hexe zu erkennen gibt, daß man sie durchschaut hat.

„Leg die beiden Zeigefinger überkreuz," sagte unsere Nachbarin, „und halte sie der Hexe vors Gesicht. Solange Du das Kreuz zeigst, verliert die Hexe ihre Macht!"

So wurde ich aufgeklärt und erhielt gleichzeitig die Selbstverteidigungswaffen gegen die Hexen.

Unsere Nachbarin war kein altes Weib. Sie war nicht dumm, wenngleich das nach meinem Bericht mancher annehmen möchte. Als Frau eines Berufskollegen meines Vaters gehörte sie zum Bekanntenkreis meiner Eltern.

Auch die Frau, der man nachsagte, daß sie eine Hexe sei, war kein altes Weib. Sie besaß keines der äußeren Merkmale, die man den Hexen andichtet. Sie unterschied sich von den meisten anderen Frauen ihres Alters nur dadurch, daß sie unverheiratet war, jünger aussah als ihre Altersgenossinnen und neben der Versorgung ihres Haushaltes keiner anderen Beschäftigung nachgehen mußte.

Eines Tages hatte der Nachbar der Hexe in unserer Wohnung eine Reparatur auszuführen. Dabei berichtete er meinen Eltern über die Hexenkünste seiner Nachbarin.

Mein Vater unterbrach ihn und sagte: „Ich verstehe nicht, wie ein Mensch des Zwanzigsten Jahrhunderts, der einen technischen Beruf ausübt, an Hexen glauben kann."

Darauf entgegnete der Mann: „Das glaube ich nicht, das weiß ich. Ich wohne schließlich Wand an Wand mit der Hexe."

Meine Schwester und ich wurden aus dem Zimmer geschickt. Meine Eltern wünschten nicht, daß wir die Hexenberichte mitanhörten. Weil mich die Geschichten interessierten, bezog ich einen Lauschposten und erfuhr so allerhand über Schadenszauber. Der Mann erzählte unter anderem, daß die Hexe seinen Kühen durch die Wand mit dem Handtuch die Milch abmelke, so daß seine Kühe trocken stünden.

Von allem, was ich erlauscht hatte, beeindruckte mich am meisten die Behauptung des Mannes, die Hexe erhielte nachts von einem Besuch, der nicht durch die Tür kommt. Wenn das der Teufel nicht selber sei, so sei es ein anderer von der höllischen Verwandtschaft.

Meine Neugier war größer als die Furcht vor der Hexe. Ich bin ihr nicht aus dem Wege gegangen, habe sogar mit ihr gesprochen - aber dabei aufgepaßt, daß ich nicht dreimal hintereinander Ja oder Nein sagte -. Sie hat mir einmal ein Bonbon geschenkt, aber ich hatte nicht den Mut, es zu essen.

Das Haus zog mich magisch an. Ich habe es beobachtet in der Hoffnung, etwas Übernatürliches zu erleben.

An einem Spätnachmittag im Winter, als es schon dunkel war, habe ich den gesehen, der nicht durch die Haustür kam. Aber er fuhr nicht, wie der Nachbar der Hexe andeuten wollte, durch den Schornstein ins Haus, sondern stieg von der Waldseite her durchs Fenster ein.

Ich wunderte mich, daß in unserem Dorfe nicht nur eine Hexe, sondern auch der Teufel wohnte.

Als ich meinen Eltern von meiner Beobachtung erzählte, schauten sie sich an und lachten. Sie verboten mir aber zu erzählen, wer bei der Hexe einstieg, obwohl - wie mir später bewußt wurde - meine Beobachtung eine Entlastung vom Hexenverdacht bedeutet hätte.

Meine ersten Hexenerlebnisse hatte ich, wie schon gesagt, als ich sieben Jahre alt war. Das war im Jahre 1933. Ich kann nicht alle Berührungen mit der Hexenwelt aufschreiben, das würde den Rahmen dieses Buches sprengen.

Aber eine Begebenheit möchte ich erwähnen, weil sie meine eigene Familie betrifft. Es gibt einen Grund, daß ich nicht allzu deutlich werde, weil einige der Betroffenen noch leben.

Als ich nach dem Zweiten Weltkriege aus der Kriegsgefangenschaft entlassen wurde, wohnte ich eine Zeitlang im Hause meiner Großmutter mütterlicherseits. Sie war eine eindrucksvolle Persönlichkeit, sehr aufrecht, sehr stolz, sehr streng, tief gläubig, so ehrlich, daß sie sich nicht vorstellen konnte, daß es die Lüge gibt, mildtätig, weil die Religion es forderte.

Wenn ich an sie denke, sehe ich sie auf ihrem Schemelchen vor

dem Herde sitzen, das Kirchengesangbuch, die Bibel oder ein Gebetbuch auf dem Schoß. Bei Dunkelheit öffnete sie das Ofentürchen, um den elektrischen Strom für das Leselicht zu sparen.

Wir wohnten in einer kleinen Stadt, unweit Marburgs. In unserem Ort lebte eine Frau, der man Hexerei nachsagte. Eine andere Hexe wohnte in einem nahen Dorfe, das den Namen der Burg trägt, in deren Schutz vor Zeiten die bäuerliche Wohnsiedlung entstand.

Meine Großmutter hat diese Frauen nie gemieden. Als die „Hexe" unseres Städtchens krank wurde, machte sie einen Krankenbesuch und brachte ihr, wie das üblich war, stärkende Lebensmittel, um die Genesungswünsche durch die Tat zu bekräftigen.

Als die „Hexe" wieder auf den Beinen war, sandte sie als Zeichen des Dankes ein Körbchen mit Gebäck.

Es gab einige ältere Damen, die sich mit meiner Großmutter gegenseitig zu einem Kaffeestündchen besuchten. Bei dieser Gelegenheit stellte meine Großmutter ein Schälchen mit den Plätzchen auf den Tisch, die sie als Gegengabe von der genesenen Frau erhalten hatte.

Als meine Großmutter ihre Freude zeigte, daß es dieser Frau, der es doch ziemlich schlecht ergangen sei, endlich wieder so gut ginge, daß sie sogar dieses Gebäck habe backen können, „flohen" ihre Besucherinnen.

Durch Boten ließen sie meiner Großmutter mitteilen, daß sie weder ihren Besuch wünschten, noch selber zu ihr kommen könnten, solange sie die Verbindung zu der Hexe aufrecht erhalte.

Sie begründeten das auch. Die Hexe habe einen Zauber in die Plätzchen gebacken und meine Großmutter zum Werkzeug der Verbreitung des Zaubers gemacht.

So lag auf ihren letzten Jahren ein Hexenschimmer. Das hat sie aber nicht einsam gemacht, weil sie eine große Familie hatte und in ihrer Stadt nicht nur hexengläubige alte Tanten wohnten.

Von einer der Frauen, die meine Großmutter in Acht und Bann stießen, erhielt ich weitere Einblicke in das Hexenwesen.

Die Hexe, die in dem Bergdorf wohnte, hatte damals ein ansehnliches Alter erreicht. Sie würde nicht sterben können, versicherte meine Gewährsfrau, ehe sie nicht ihre Hexenkunst an ein junges Mädchen übertragen habe. Wenn ihr das nicht gelinge, könne sie nicht sterben. In diesem Falle würde sie austrocknen, ohne durch den Tod erlöst zu werden.

Sie nannte mir auch den Namen derjenigen, die als Erbin der Hexenkunst ausersehen war. Die Enkelin der Hexe. Ein hübsches junges Mädchen. Der Herrscher der Zunft hatte sie schon von Geburt an gezeichnet. Sie hatte rote Haare.

Die Hexe müßte mit ihr in einem Bette schlafen, dann würde die Hexenkraft auf die Jungfrau übergehen.

„Das ist die reine Wahrheit, dafür lege ich meinen Kopf auf den Block," sagte die Frau. Mit dieser Redewendung verbürgte sie sich mit ihrem Leben für die Wahrhaftigkeit ihrer Aussage.

Das alles ist nun lange her. Meine Hexenneugier ist geblieben. Ich habe im Laufe meines Lebens viele Hexen kennengelernt, Hexen jeder Sorte. Wenn ich alle Beschwörungsformeln und Rezepte aufgeschrieben hätte, könnte ich, wenn sie Wirkung zeigten, selbst als Hexenmeister auftreten.

Es hat Zeiten gegeben, da hat man die Hexen verbrannt. Dann kamen Zeiten, wo sie gefürchtet waren und geächtet wurden.

Heute betrachten manche Frauen das Hexentum als eine Art modernen Frauenadel. Sie drängen danach, sich öffentlich als Hexe zu bekennen.

So lächerlich das sein mag, hat es doch die wohltuende Nebenwirkung, daß die Hexen alten Schlages aus dem Bannkreis der Verachtung und Aussonderung erlöst werden.

Wer meint, über primitiven Hexenglauben erhaben zu sein, der möge daran denken, daß alle „Daumendrücker", „Auf-Holz-Klopfer" und „In-die-Hände-Spucker" magisch handeln und sich in der Hexenkunst versuchen.

Die Rache des fahrenden Weibes

Man behauptet, daß die Wäsche von der Leine und die Hühner aus den Ställen verschwanden, wenn das fahrende Volk im Lande war. Doch nicht jeder Diebstahl ging auf ihre Rechnung. Manch einheimischer Lump nutzte die Anwesenheit der Fahrenden, um das Huhn eines Nachbarn in seinem Suppentopfe zu kochen. Der Diebstahl wurde auf dem falschen Konto gebucht.

In Hessen führen die Straßen von Ost nach West und von Nord nach Süd.

Wenn die Zugvögel zurückkehrten, brachen auch die Zigeuner aus ihren Winterlagern auf, weil es ihr Blut ihnen befahl. Ihre Wagen rollten über die Straßen, und keiner kannte ihr Ziel.

Auf den Lagerplätzen blieben sie für eine Nacht. Sie bettelten, trieben ein wenig Handel, flickten Schirme, schliffen Messer und Scheren, lasen das Schicksal aus der Hand.

Es war noch früh im Jahr und die Nächte noch kalt. Die Zigeuner hatten sich zu früh der Straße anvertraut. Einer Zigeunerin war ihr Kind krank geworden, und sie brauchte Geld für eine Arznei; denn die Kräuter wuchsen noch nicht, mit denen sie die Krankheit zu heilen pflegte.

Sie nahm ein Kästchen mit Silberzeug, um es einem Kaufmann anzubieten. Es waren kostbare Stücke darunter, und der Kaufmann hätte sie gerne in seinen Besitz bekommen, ohne einen angemessenen Gegenwert dafür zu leisten.

Er beschuldigte die Zigeunerin, Diebesgut verhökern zu wollen und bot einen Spottpreis. Er drohte, wenn sie mit dem Geschäft nicht einverstanden sei, werde er ihr die Gendarmen auf den Hals schicken.

Da sagte die Zigeunerin ein paar böse Worte, und die hatte er auch verdient.

Als die Zigeunerin den Kramladen verlassen hatte, lief der Kaufmann zum Gendarmen und behauptete, in seinem Laden habe eine Zigeunerin um eine milde Gabe geheischt. Dabei habe das undankbare Weib ihn bestohlen, und er beschrieb genau das Silberzeug, das ihm die Zigeunerin angeboten hatte.

Wenn der Gendarm alleine im Zigeunerlager erschienen wäre, hätte ihm sein Säbel wenig genützt. Aber er hatte ein Dutzend aufgebrachter Bürger bei sich, die das Diebesgesindel aus dem Orte heraustreiben wollten.

Das Silber wurde bei dem Weibe gefunden. Da konnte sie noch so lautstark beteuern, daß das Geschirr ihr eigen sei, und ihre Sippe und Gott zum Zeugen anrufen, es half ihr nicht.

Der Gendarm sagte nur: „Was gilt das Wort einer streunenden Katze bei der Obrigkeit gegen das Wort eines Ehrenmannes."

Der Kaufmann galt als Ehrenmann; denn in seiner Stadt wurde wie vielerorts auch die Ehre in Mark und Pfennig gemessen.

Dem Kaufmann wurde das Eigentum der Zigeunerin ausgehändigt. Sie selbst wurde im Turm - im Gefängnis - festgesetzt. Die Zigeunersippe mußte das Lager sofort räumen.

Als man die Zigeunerin abführte, rief sie dem Kaufmann zu: „Du zahlst zurück! Schaden und Schande sollen über Dich kommen. Schuld verjährt nicht!"

Den Kaufmann quälte sein Gewissen nicht lange. Als ein Jahr herum war und die Zigeunerin wieder in Freiheit kam, hatte er seine Spitzbüberei längst vergessen.

Ihr erster Weg in der Freiheit führte sie in den Kramladen. Plötzlich stand die Zigeunerin vor ihm. Sie hob die Arme, spreizte die Finger, schaute ihm in die Augen und murmelte einen Spruch. Sie gab ihm ein, er sei eine Katze und alle Frauen Mäuse.

Der Kaufmann rannte auf die Straße, jagte die Frauen und biß sie. Da mußte der Gendarm den Kaufmann jagen. Nun wurde er im Turm festgesetzt.

Als er wieder zu sich kam, wußte er, wem er das zu verdanken hatte. Aber er schwieg, entschuldigte sich mit einer Sinnesverwirrung, zahlte eine Buße und wurde auf freien Fuß gesetzt.

Als sich der Vorfall wiederholte, brachte man ihn ins Irrenhaus. Es

war kein Jahr vergangen, da war er soweit, seine Schuld einzuge-
stehen. Die Zigeunerin erhielt ihr Eigentum zurück. Es war gekommen, wie sie vorausgesagt hatte. Der Kaufmann zahlte zurück,
Schaden und Schande waren über ihn gekommen.

Was blieb bei den Menschen des Ortes in Erinnerung? Das, was
sie schon immer gewußt hatten: Heidenweiber (Zigeunerinnen) sind
Hexenweiber!

Teufelsleiter

Ich könnte die Namen nennen. Des Ortes und der Person! Vielleicht würde man mir das verübeln. Deswegen sage ich nur, daß sich das Geschehen in einem Orte südlich von Marburg abgespielt hat, in einem Dorf, in dem man den Wurmfarn unter der Bezeichnung „Teufelsleiter" kennt.

Wenn ich meine Notizen durchschaue, stelle ich fest, daß ich im Laufe meines Lebens viele Hexen kennengelernt habe, aber nur einen Hexer. Und dem bin ich nicht einmal persönlich begegnet. Ich kenne ihn nur aus den Berichten eines seiner Nachfahren.

Der war ein Schäfer wie alle seine Vorfahren, von denen er wußte. Von dem Hexer hatte ihm sein Vater erzählt. Aber ob sein Vater der Sohn des Hexers war oder sein Sohnessohn, konnte er nicht mit Bestimmtheit sagen.

Der Hexer muß ein erstaunlicher Mann gewesen sein.

Er konnte Wasser aufspüren. Das ist keine Hexerei. Gar mancher kann mit der Wünschelrute umgehen.

Er hat den Tod angekündigt und Unheil vorausgesagt. Er hatte das „Zweite Gesicht", was etwas anderes ist als die Wahrsagerei.

Er wußte Mittelchen gegen Gebrechen und Gebresten, soll Menschen aus dem Hexenbann befreit haben und wenn jemand von Geistern geplagt wurde, rief man ihn zur Hilfe.

Ob er wirklich ein Hexer war, darüber möchte ich mit niemandem streiten.

Eines Tages kam ein vornehmer Herr zu ihm, heimlich und bei Dunkelheit. Der war Rentmeister in Diensten des Landgrafen, der später Kurfürst werden sollte. Wenn man hört, wie der Herr beschrieben wird, kann man sich denken, worauf es hinausläuft.

Unter seiner Perücke, die er entgegen der Gepflogenheit der meisten anderen Staatsdiener immer noch trug, verbarg er seine schwarzen Haare, die trotz seines fortgeschrittenen Alters noch nicht die Spur eines Grauschimmers zeigten. Niemand wagte, in seine dunklen Augen zu schauen, denn es hieß, durch seine Augen könne man in das Feuer der Hölle blicken.

Unter seinem linken Auge flammte ein rotes Mal in der Form einer Vogelkralle, das selbst durch die dickste Puderschicht hindurchschimmerte. Er war gezeichnet.

Der Rentmeister verlangte von dem Schäfer, einem Mann einen Geist auszutreiben. Doch dieser Mann fühlte sich durch den Geist nicht geplagt. Es war ein Wahrsagegeist, von dem der Mann besessen war. Der war allerdings eine Plage für manche seiner Mitmenschen.

„Wo kämen wir hin, wenn jeder öffentlich die Wahrheit sagen wollte?" wetterte der Rentmeister. „Dann ginge die Ordnung der Welt zugrund."

Die hohen Herren meinen, wenn sie singen, müßten die kleinen Leute springen.

„Nur wenn er selbst darum bittet oder seine Anverwandten ihn bringen, weil er selbst den Weg nicht findet, habe ich die Macht, einen Besessenen zu heilen," sagte der Schäfer. „Anderfalls kann mit dem Geist das Leben weichen."

„Was schert mich das?" sagte der Rentmeister. „Ich will, daß er seinen Geist aufgibt! Was Dich anbelangt, zier Dich nicht! Ich weiß, daß Du ein Hexer bist."

Mit Geld und Gold vermochte der Rentmeister den Hexer nicht zu locken. Da drohte ihm der Herr: „Hüte Dich! Der Herr des Feuers vermag es, Blitze aus heiterem Himmel zu schleudern. Es kann wohl sein, daß es einen Schäfer auf dem Felde bei seinen Schafen trifft!"

Der Hexer verstand die Warnung. Aber er sagte: „Gerade Du solltest wissen, daß ein Teufel den anderen, aber keine teuflische Macht eine himmlische Kraft zu vertreiben vermag."

Der Rentmeister merkte, daß der Hexer sein Geheimnis kannte. Gerade deswegen glaubte er sicher zu sein, daß der Hexer gehorchen würde. Er gab den Zeitpunkt an, zu dem er den Wahrheitsschreier in die Hütte des Schäfers locken werde.

Der Hexer begann mit seinen Vorbereitungen. In einem Raum, der eine offene Feuerstelle besaß, wo ein Geist durch die Esse ausfahren kann, schichtete er auf dem Boden so viel Farnkraut, daß man wie auf einem Kissen darüber gehen konnte.

Dann kleidete er auch die Wände mit Farnwedeln aus, in der Art, daß die Spitzen nach oben wiesen. So baut man eine „Teufelsleiter", die teuflischen Geistern den Weg weist.

Wenn ein Besessener solch einen Raum betritt, bleibt, was irdisch ist, sein Körper, und das, was himmlisch ist, seine Seele, im Raume zurück. Das aber, was teuflisch ist, fährt augenblicklich durch den Schornstein in die Hölle.

Zum vereinbarten Zeitpunkt kam der Rentmeister. Den Wahrheitsschreier ließ er vor der Türe warten, um sich vorher zu vergewissern, ob der Hexer bereit sei.

Der Hexer aber öffnete den Raum mit der Teufelsleiter und stieß den Rentmeister hinein.

Im selben Augenblicke fuhr der Rentmeister mit großen Getöse zur Esse hinaus. Nichts blieb zurück außer der Perücke, weder der Körper, den man mit den Augen sehen kann, noch eine Seele, deren Hauch die Herzen streichelt.

Der Flammenschweif, den er hinter sich herzog, entzündete die Hütte. Die Schäferkate brannte ab.

Ich weiß, es bleiben Fragen. Ich kann sie nicht beantworten.

Kurz nach diesen Ereignissen trieb der Schäfer seine Herde bis nach Frankreich. In Paris erzielte man zu jenen Zeiten höhere Preise.

Er ist nicht zurückgekehrt. Sein Schicksal ist ungewiß. Er blieb verschollen.

Noch immer wird in manchen Orten zwischen Marburg, Gießen und Herborn der Farn als Teufelsleiter bezeichnet.

Wer diese Geschichte gelesen hat, weiß warum.

Der Teufel und der Kaufmann

Früher hatten es die Menschen leichter, den Seelenfänger zu erkennen. Da stank er noch nach Pech und Schwefel, und der Pferdefuß lugte aus dem Hosenbein hervor.

Heute geht er geschniegelt und gebügelt, geleckt und befrackt, ganz wie es die Umstände erfordern.

Vor langer Zeit wohnte in Frankenberg an der Eder ein Kaufmann, der war so reich, daß er die ganze Stadt hätte kaufen können, jedes Haus und jeden Garten, jeden Baum und jeden Strauch. Er hatte das Geld, und das Geld hatte ihn. Am Tage verdiente er es, am Abend zählte er es, bei der Nacht hütete er es.

Einst trat der Teufel in seinen Laden. Er stank so sehr, daß alle anderen Kunden eilig flohen. Die Ladendiener baten ihren Herrn: „Schickt ihn schnell fort! Er stinkt wie der Teufel, und er ist es auch."

Doch der Kaufmann, der die prall gefüllte Geldkatze an des Herrn Gürtel hängen sah, schimpfte: „Vergraulet mir den werten Kunden nicht! Ihr meinet nur, er stinke. Es ist der herbe Geruch des Köhlerhandwerks, den Ihr verspürt."

„Aber Herr, schaut nur den rechten Fuß!" warnten die Ladendiener. „Das ist ein Huf! Er ist wahrhaftig der Gottseibeiuns. Wenn Ihr Geschäfte mit ihm macht, dann fängt er Euch!" Doch der Kaufmann, der sehr wohl den Pferdefuß erkannt hatte, empört sich: „Was scheltet Ihr mir einen armen Menschen, der durch ein Unglück die Wohlgestalt seiner Gliedmaßen verlor. Wollt Ihr zum Unglück noch den Schimpf hinzufügen?"

Da verdrückten sich die Ladendiener ins hinterste Gemach und malten zu ihrem Schutze Kreuze an die Wand. Der Kaufmann aber sprach: „Hochedler Herr, womit kann ich Euch dienen?"

Der feine Stinker mit der schwarzen Samthose und der blutroten Weste grinste: „Dienen! Ja, Ihr sollt mir dienen! Dienen auf ewig! Zunächst bringt mir zwei Hühner, frisch und feist, voller Saft und Leben!"

Der Kaufmann tat eilfertig, wie ihm geheißen. Der mit dem Pferdefuß biß den Hühnern die Kehle durch und schlürfte ihr Blut. Der Kaufmann schüttelte sich vor Ekel. Doch als der Herr ihm tausend Taler bot, wenn er ihm für die Weiterreise einen jungen Knaben bringe, deftig und kräftig, voller Saft und Leben, da fragte er nicht lange, warum und wieso. Er lief schnell, den Sohn seiner Magd zu holen.

Er fragte den Knaben, ob er dem vornehmen Herrn eine Gefälligkeit erweisen und sich schnell einen Taler verdienen wolle.

Das wollte der Knabe gerne. Viel mehr verdiente seine Mutter im ganzen Jahre nicht.

Kaum hatte der feine Kunde mit dem Knaben den Laden verlassen, stürzte des Kaufmanns Frau herein, ein Weib, das der Geiz auch schon angefressen hatte.

Sie keifte: „Du alter Narr wirfst einen Taler fort. Wenn ich nicht wäre, dann wäre er verloren. Zu unserem Glück konnte ich unseren Sohn gegen den Bankert der Magd austauschen.”

Da wurde der Kaufmann irrsinnig vor Wut. Er schlug seine Frau mit Fäusten und brüllte :„Willst Du Dein Kind dem Teufel in die Pfanne legen? Du dummes Weib hast mir das beste Geschäft meines Lebens zunichte gemacht. Du hast einen Taler gerettet und tausend fortgeworfen!”

Geschwind schwang sich der Kaufmann auf sein Roß und jagte den beiden nach, um den Handel rückgängig zu machen. Er schrie: „Gib mir mein Kind zurück! Der Handel gilt nicht mehr!”

Nur einen Augenblick lang hatte der Teufel nicht aufgepaßt. Da kam er an einem Wegekreuz vorbei. Der Knabe entglitt ihm und rutschte vom Pferd.

Da fluchte der Teufel so abscheulich, daß des Kaufmannes Pferd scheute und seinen Reiter abwarf. Der Kaufmann brach das Genick und war auf der Stelle tot.

Der Teufel gab seinem Pferde die Sporen und lachte. Er hatte eine Seele im Sack. Vom Himmel regnete es Schwefel.

Durch die Straßen und Gassen von Frankenberg wehte Höllen-
gestank, bis man die Leiche des Kaufmanns in die Gruft gesenkt
hatte.

Woran Menschen glauben

Es ist wirklich kaum zu glauben, woran manche Menschen glauben!

Auf der Marker Breite begegnete mir eine Frau aus unserer Nachbarschaft. In beiden Händen trug sie Plastikbeutel. Die linke Hand hatte sie unter dem Hals in ihren Mantel verkrampft. Bei jedem Schritt baumelte ihr die Plastiktüte vor der Brust.

Ich weiß nicht, was ich davon halten soll. Ich grüße sie, schaue sie an und überlege, ob ich ihr meine Hilfe anbieten darf.

Sie bemerkt meine Verwunderung und sagt: „Ich bin gut katholisch. Ich glaube an nichts - womit sie sicherlich meint: nichts, außer an die Lehren der Kirche - aber an den Schornsteinfeger glaube ich."

Nun bin ich erst recht verblüfft. Aber sie erklärt weiter: „Mir ist ein Schornsteinfeger begegnet. Jetzt muß ich mit meiner linken Hand den obersten Mantelknopf so lange festhalten, bis mir ein Schimmel begegnet, dann habe ich Glück."

Ich verkneife mir ein Lachen und gebe ihr recht: „Ja, wenn Ihnen ein Schimmel begegnet, dann haben Sie Glück!"

Bei einer Gesellschaft erzähle ich die Begebenheit als Kuriosum und erfahre heftigen Widerspruch.

Eine Dame behauptet: „Das stimmt nicht!" Das ist unangenehm. Will sie mich der Lüge bezichtigen? Nein, das brauche ich nicht zu befürchten. Sie berichtigt mich nur: „Man muß den Knopf so lange halten, bis einem ein Rotkreuzauto begegnet!"

Vielleicht hat sie recht. Ich glaube aber, daß man größeres Glück hat, wenn einem ein Schimmel begegnet.

So geschehen in Korbach und wörtlich wiedergegeben. Das versichere ich.

P.S. Ich möchte wetten, daß man jetzt ausprobiert, was richtig ist: ob man den Knopf so lange halten muß, bis einem ein Schimmel begegnet, oder ob man ihn so lange halten muß, bis einem ein Rotkreuzauto begegnet.

Für eine Nachricht über das Ergebnis des Versuches wäre ich dankbar.

Der Böttchergeselle und die Wasserweiber

Nur in den Flüssen, in denen die Lachse springen, können die Wasserweiber leben. Wenn das die Menschen gewußt hätten, wären sie wahrscheinlich sorgsamer mit den Flüssen und Bächen umgegangen. Nun sind die Nixen nur noch eine Sage. Niemand kann prüfen, ob es stimmt, daß die Schönheit der Wasserfrauen jeden Mann verzaubert.

Die Ohm führt ihren Namen nach dem König der Wassermänner, dessen berüchtigten Söhne Rülf und Arx hießen und als dessen schönste Töchter Gleen und Joßgleen gerühmt wurden.

In Kirchhain wohnte ein Böttchergeselle. Die Böttcher leben vom feuchten Element. Sie fertigen die Gefäße, in denen das Naß bewahrt wird, sei es nun Wasser oder Wein.

Der Kirchhainer Böttchergeselle war ein Künstler in seinem Handwerk. Er hätte längst Meister sein können, wenn er seinen Verstand nicht an Streiche verplempert hätte, die seinen Kumpanen Spaß, ihm aber zumeist Ärger brachten.

Eigentlich war er zu alt für die Spinnstube, aber er meinte, er sei noch zu jung für die Ehe. Deshalb richtete er gar manchen Abend die Böttcherwerkstatt zum Tanzboden her. Lustig sprangen die Burschen und Mädchen zum Fidelgekratze und Flötenspiel. Es kamen auch Langensteiner und Stausebächer und noch mancher von den Dörfern ringsum. Da fiel es nicht auf, wenn Fremde dazwischen waren.

So stellten sich, wo die Geigen sangen und die Burschen sprangen, stets auch Gleen und Joßgleen ein. In erdenmenschlicher Gestalt tobten sie ausgelassen mit der Jugend über den Tanzboden.

Doch um Mitternacht mußten sie in ihrem feuchten Bett liegen, wenn sie nicht sterben wollten.

Der Böttchergeselle war einer von denen, die mehr als Bücher lesen konnten. Er verstand, was die Mücken flüstern und was das Schilf raunt. Er ahnte, daß die fremden Jungfrauen aus dem Wasser kamen, denn feucht war der Saum ihrer Röcke.

Der Böttcher kannte die Regeln der Wassermenschen. Er gedachte sie zu nutzen, um sich und seinen Kumpanen ein Vergnügen zu bereiten und den Wasserweibern einen Streich zu spielen. Er glaubte damit niemandem, außer einem bißchen Spott, weiteren Schaden zuzufügen. Nun sind die Wasserwesen zwar selber rechte Schelme, doch lassen sie mit sich selbst keinen Schabernack treiben.

Die Kastanien hatten sich mit Blütenkerzen geschmückt. Goldlack und Flieder verströmten ihren betörend süßen Duft. Kurzum, es war die Zeit, in der es der Jugend in den Fußsohlen kribbelt. Da hatte der Böttchergeselle zum Tanze in seine Werkstatt gebeten.

Während des Tanzabends stellte er die Standuhr in der Diele um eine Stunde zurück. Ab der zehnten Stunde schlug die Glocke einen Stundenschlag zuwenig, um Zehn zum zweiten Male Neun, zur nächsten vollen Stunde Zehn und so weiter.

So merkten die fröhlichen Wasserweiber nicht, was die Stunde geschlagen hatte. Ausgelassen sprangen sie im Reigen, als sich Mitternacht näherte.

Als das Wasser rief und sie erkannten, daß man sie arglistig getäuscht hatte, glaubten sie, nun müßten sie ihr Leben lassen.

Da jauchzte der Böttcher vor Vergnügen, riß einen Vorhang beiseite und wies auf zwei neue Badebottiche.

„Sie sind mit Ohmwasser gefüllt!" brüllte er lachend, „jetzt wollen wir einmal aus der Nähe sehen, wie den Wasserweibern ihre Fischschwänze stehen!"

Die Standuhr schlug Elf, die Glocken vom Turm jedoch zeigten die zwölfte Stunde an. Mitte der Nacht! Die Wasserweiber sprangen in die Bottiche.

Im gleichen Augenblicke dröhnte von der alten Steinbrücke her die ohrenbetäubende Stimme des alten Ohm.

Da schrieen sie alle: „Rettet Euch, das Wasser kommt!" Jeder floh in wilder Hast in den sicheren Hort seines Heimes.

Der Böttchergeselle aber wußte, daß er gemeint war, und verbarg sich im Gebälk des Dachgeschosses.

Wasserfluten stürzten ins Haus und schwemmten die Bottiche mit den Wasserweibern zur Ohm.

Solch eine Nacht hatte Kirchhain noch nicht erlebt. Das wütende Brüllen nahm kein Ende. In den Häusern wachten die Mütter und weinten die Kinder. Kerzenlichter flackerten, und die Tiere zerrten unruhig an ihren Ketten.

Am nächsten Morgen war die Uferzone der Ohm verwüstet. Uferstücke waren ins Wasser gerissen, Schuppen in Ufernähe zertrümmert, Gärten verschlammt und mit Unrat gedüngt.

Gleen und Joßgleen ließen sich in Kirchhain nie wieder sehen. Der alte Ohm aber erinnert die Kirchhainer in jedem Jahre einmal durch eine Überschwemmung daran, daß er, wenn er will, bis in die Häuser kommen kann.

Der Böttchergeselle mied von nun an die Ohm. Er kannte die Rachsucht der Wassermänner, die keinen Schimpf verzeihen, der ihren Weibern angetan wurde.

Die Jahre vergingen. Er vergaß seinen Jugendstreich. Die Wasser fließen und spülen vieles fort, nur nicht die Erinnerung eines Wassermannes.

Bei der Verfolgung eines Lammes, das sich losgerissen hatte, geriet der Böttcher in die Nähe des Flusses. Da langte der Ohm zu. Der Fluß wurde das Totenbett des Böttchers.

In der darauf folgenden Nacht erklang Nixengesang vom Wasser herüber, traurig und doch voll lockender Sehnsucht. Es waren die Melodien, welche die Männer unruhig und die Frauen ängstlich machen. Der Gesang war von nun an jedes Jahr um die gleiche Zeit zu hören, solange die Wasserwesen in der Ohm und in ihren Seitenflüssen lebten.

Horcht hinein in die duftenden, warmen Juninächte! Wenn Ihr den Gesang wieder hören werdet, sind die Wasserwesen zurückgekehrt. Dann werden auch die Lachse wieder springen. Das wird ein gutes Zeichen sein für unser liebes Land.

Wie Nixen einen ungetreuen
Ehemann kurierten

Gleen und Joßgleen saßen gerne am stillen Wasser auf einem Uferstein, um ihr Spiegelbild zu betrachten. Das können sie getrost über die Jahre hinweg. Kein Fältchen verändert die Schönheit ihrer Jugend; denn Wasserweiber altern nicht.

Sie beherrschen die Weiberkunst der Verführung vollkommener als jedes Erdenweib. Doch stehlen sie keiner Frau den Mann, im Gegenteil, sie erteilen manch ungetreuem Ehemann eine heilsame Lehre.

In einem Städtchen an der Schwalm, dessen Namen ich nicht nennen möchte, weil dort vielleicht noch Nachkommen von ihm leben, wohnte Wilhelm, der Weiberheld.

Man nannte ihn so, weil er hinter jedem Rock herlief. Er tanzte auf allen Hochzeiten und machte sich auf jeder Kirmes zum Gockel. Wenn ihm auch selten ein Schnäppchen gelang, reichte es doch, um seiner Frau Gram zu bereiten. Sie saß daheim und weinte sich die Augen aus.

Gleen und Joßgleen beschlossen, dem Weiberhelden eine Lehre zu erteilen.

Nixen sind keine Zauberinnen, aber sie können den Menschen, vor allem den Männern, die Sinne verwirren. Jedweden Wahn können sie ihnen ins Hirn pflanzen.

Kommt also Wilhelm, der Weiberheld zufällig, wie er glaubt, an die Schwalm. Stehen gerade die Schönen auf und lenken ihre Schritte in die Stadt.

Wilhelm setzt sich auf die Spur. Er balzt wie ein liebestoller Gockel. Die Nixen haben ihn bald in ihrem Bann.

Er sieht nur noch, was sie ihm eingeben. Er glaubt, das Wasser steige und trete über die Ufer. Die Flut umspielt seine Füße. Er zieht Schuh und Strümpfe aus, krempelt die Hosenbeine hoch und stelzt über die Straße, vorsichtig die Beine hebend, damit er sich nicht bespritzt.

Die Leute kommen aus den Häusern, um sich anzuschauen, wie Wilhelm, der Weiberheld verrückt geworden ist. Ihr Lachen bricht den Bann. Plötzlich kommt er zu sich. Der Wahn schwindet, und er merkt, daß er trockenen Fußes barfuß über die Landstraße stolziert.

Die Nixen sind verschwunden. Er sieht, daß er hinter zwei gewöhnlichen Ziegen herscharwenzelt, die glücklich über so viel liebevolle Aufmerksamkeit fröhlich meckern.

Eine Zeitlang hielt das vor. Er blieb im Hause, bis er glaubte, daß die Leute vergessen hätten, was ihm widerfahren war.

Als die Kirmeszeit kam, juckte es ihm nicht nur in den Füßen. Er putzte sich heraus, bespritzte sich mit Duftwasser und war davon überzeugt, daß ihn die Frauensleute schon vermißt hatten.

Aber da war eine, die nicht erwartet hatte, ihn so bald wiederzusehen. Joßgleen nahm sich vor, ihm die Liebespirsch gründlich zu vermiesen.

Sie täuschte seine Sinne, und er hielt einen Misthaufen für eine Blumenwiese. Übermütig pflückte er ein Blümlein, um es ins Knopfloch zu stecken, und merkte nicht, daß er seinen Rockaufschlag mit Mist beklatschte.

Die Leute lachten ihn aus, er aber meinte, sie lachten ihn an. Er pflückte noch mehr Blumen und warf sie unter die Menschen. Die wurden böse, als sie mit Mist beworfen wurden. Sie bedrohten ihn. Da wich der Wahn, seine Sinne wurden wach, und er erkannte, was er angerichtet hatte.

Er drehte sich um. Die schöne Frau an seiner Seite war verschwunden. Nur eine Ziege wollte ihr Fell an seiner Hose reiben und meckerte hämisch.

Ich mag ihn schon gar nicht mehr Weiberheld nennen. Wilhelm verkroch sich bei seiner Frau.

Das wird ihm eine Lehre gewesen sein, wird man meinen. Aber ach, der Geist ist willig, doch der Wilhelm schwach!

Es kam die Zeit, in der man die Kirmessen feiert. Er wollte nur gebrannte Mandeln kaufen und den Feuerschlucker sehen.

Doch dann kam es über ihn; denn die Liebe ist süßer als Mandeln und heißer als Feuer, und die Nixen sind schöner als die Engel im Paradies.

Ich will Wilhelm nicht entschuldigen. Aber die Gleen war wirklich aufregend schön. Sie brauchte kein Netz und keine Angel, um einen Mann zu fangen.

Sowie Wilhelm die Gleen erblickt, beginnt er mit der Balz. Er seufzt ihr Liebesbekenntnisse ins Ohr und behauptet, mit ihr käme das Glück in sein Leben.

Die Gleen denkt: „Haben Dir die beiden Pillen nicht gereicht, muß eine stärkere Medizin helfen!"

Sie fragt Wilhelm, ob er nicht ein Plätzchen wüßte, wo sie ungestört zusammensein könnten.

Da geht einem doch das Herz auf! Wilhelm jubelt, hundert Plätze kenne er, und er wolle sie alle mit ihr ausprobieren.

In so einem Augenblick schwebt man auf Wolken, da klingen die Geigen, da tanzt die Welt.

Wilhelm will die Schöne in seine Arme schließen, da hängt an seinem Arm ein Weib mit Krötenhaut und Froschaugen. In ihrem filzig strähnigen Haar hängen Entengrütze und Schmieralgen. Zwischen ihren Fingern spannen sich Schwimmhäute, und fauler Modergeruch strömt von ihr aus.

Man muß nicht alles erzählen! Er hat sich wieder erholt. Rückfällig ist er nicht mehr geworden.

Ich sitze gerne am stillen Wasser der Schwalm auf einem Uferstein und schaue in die Flut, ob sie nicht zurückgekommen sind. Aber was hätte ich davon?

Ich weiß nicht, ob die Nixen so betörend schön sind, wie man sagt, oder ob sie aussehen, wie sich die Gleen dem Wilhelm gezeigt hat.

Denn wir sehen die Nixen so, wie sie wollen, daß wir sie sehen.

Warnung vor den Wasserböcken

Übt Gerechtigkeit! Auf dem Gebiet der Liebe wird den Männern wenig Gutes nachgesagt. Schreien die Frauensleute so laut, damit man ihnen nicht in die Schminktöpfchen schaut?

Die Frauen beginnen zu schimpfen, sowie von den Nixen die Rede ist.

Warum?

Ei, weil die Nixen den Männern schöne Augen machen!

Sie sollen lieber über die Wassermänner schimpfen. Die machen den Frauen nicht nur schöne Augen.

Es kommt nicht von ungefähr, daß man sagt: „Schlimmer als die schlimmsten Böck sind im Fluß die Wassernöck."

Der diesen Spruch erfunden hat, muß die Wassernöck gut gekannt haben! Wie lautet die Antwort auf die Frage: „Was macht im Fluß der Wassernöck?"

„Hält Ausschau nach den Weiberröck!"

Paßt nur gut auf! Kommt so ein Kerl in den Tanzsaal, dann solltet ihr die Mädchen springen sehen. Er stinkt nach Fisch und hat glitschige Hände. Ich möchte wissen, was die Frauen an ihm finden oder was die Kerle an sich haben. Sie sind jedenfalls nicht besser als die Erdenmänner.

Und was das eine anbelangt. Was meint Ihr, wie schnell die Wassermänner untergetaucht sind, wenn sie haben, was sie wollen.

Und was will ein Mädchen dann machen? Etwa hinterherspringen?

Es ist schon manche aus Liebe ins Wasser gegangen. Geholfen hat das nicht. Auch die Schönste hat bei einem Nöck auf Dauer keine Chance. Nach ein paar Tagen wird sie an Land gespült.

Ich warne alle Mädchen eindringlich: „Geht nicht alleine am Flußrand spazieren!"

Man sagt mir, im Walde sei es auch nicht ungefährlich.

Das kann ich nicht abstreiten. Aber dann haben die Kinder wenigstens keine Fischschwänze!

Der Goldvogel vom Vogelsberg

Wenn man jemandem sagt, er habe einen Vogel, das hört er nicht gern. Es gibt aber einen Vogel, den hätte jeder gern.

Im Vogelsberge soll es viele seltsame Vögel geben und in den Dörfern und Städten ringsum manch komischen Kauz. Aber der Goldvogel kommt recht selten vor. Das ist schade, weil er der Vogel ist, der goldene Eier legt.

Ein Glück, daß niemand weiß, wie er aussieht. Sonst wäre er bald ausgerottet. Man erzählt sich nämlich, daß der Goldvogel nicht nur goldene Eier lege, sondern auch jede Feder, die er verliere, sich in Gold verwandle, sobald sie den Boden berühre.

Ich muß die Goldgierigen warnen! Es heißt, wer dem Goldvogel eine Feder ausrupfe, den solle der Schlag treffen!

Sollte das nicht stimmen, so ist es trotzdem ein Glück, daß die Menschen das glauben. Sonst würden im Vogelsberg nur noch gerupfte Vögel umherfliegen, weil man nicht weiß, wie der Goldvogel aussieht.

Ich empfehle, im Vogelsberg zu wandern. Vielleicht hat jemand das Glück, eine goldene Feder zu finden.

Leicht scheint das nicht zu sein. Ich habe zwar etliche Geschichten über den Goldvogel gefunden, aber bisher noch nicht eine einzige goldene Feder.

Wie Sauerjohann durch den Goldvogel seine Freiheit wiedererlangte

In Lauterbach wohnte ein Mann, den nannten sie den Sauerjohann. Der lebte mehr schlecht als recht, meinten die Leute. Die Arbeit liebte er nicht. Eine Uhr kannte er nicht. Er richtete sich nach der Sonne. Das Wasser scheute er. Er ließ sich nur vom Regen waschen.

„Er stiehlt dem lieben Gott die Tage," sagten die Leute, „er ist ein Tagedieb."

Aber dafür kommt man nicht ins Gefängnis. Der Reichtum der Tagediebe liegt im Reich der Träume. Die sichtbaren Güter der Welt bleiben ihnen meist versagt.

Sauerjohann gab sich zufrieden mit dem, was er hatte, wenn es auch nur das Hemd war, das er auf dem Leibe trug. Er hatte für keine Familie zu sorgen. Seinen Mitmenschen hätte seine Art zu leben gleichgültig sein können.

Wenn einer reich genug ist, dann wird ihm der Müßiggang nicht angekreidet. Aber von jedem armen Tagedieb glauben die Leute, er sei ein Taugenichts und Tunichtgut.

Ein wohlhabender Lauterbacher Bauer wurde bestohlen, und Sauerjohann hatte zu eben dieser Zeit in des Bauern Heu gelegen. Das war sein Pech. Man hielt ihn für den Dieb.

Er habe nur in des Bauern Scheuer geschlafen, behauptete Sauerjohann, das könne er beweisen, er habe von dem schönen Käthchen geträumt. Doch die schöne Käthe wollte das nicht bestätigen.

Obwohl seine Taschen leer waren und er seine Unschuld beteuerte, wurde Sauerjohann ins Gefängnis gesteckt.

Verurteilt für etwas, was er nicht getan hatte, saß Sauerjohann im Gefängnis, ohne Bitterkeit. Er lehnte sich nicht auf. Zu den Erfahrungen seines Lebens gehörte es, daß es einem Menschen, wenn es ihm besonders schlecht geht, mit Wahrscheinlichkeit bald besser gehen wird.

Seine Lebenserfahrung versagte. Die Zeit verging, und ihm erging es eher schlechter als besser. Doch er dachte: „Das ist nicht schlimm. Es ging dir noch nicht schlecht genug. Wenn es dir jetzt schlechter geht, dann wird es dir noch besser gehen, wenn es dir wieder besser geht."

Sauerjohann stand am Fenster seiner Zelle und schaute durch die Gitter hinauf zum Himmel. Er schickte seine Gedanken mit den Wolken auf die Reise. Sie segelten mit Wolkenschiffen über die Wipfel der grünen Wälder des Vogelsberges.

Eines Morgens zwischen Traum und Tag setzte sich ein graues Vögelein auf den Fenstersims und sang sein Lied. Wenn die Vögel singen, dürfen die Menschen träumen. Wenn die Menschen träumen, verstehen sie die Sprache der Vögel.

Ich glaube, ich weiß, was das Vögelchen dem Sauerjohann gesungen hat. Es ist keine Kunst, das zu erraten.

Als der Wärter die Morgengrütze brachte, erzählte ihm Sauerjohann von dem Goldvögelein, das im Vogelsberg nistet, von den Federn, die sich in Gold verwandeln, und den goldenen Eiern, die das Vöglein legt.

Der Wärter lachte und meinte das seien Märchen für Kinder und Dumme. Und Dumme!

„Da wirst Du recht haben," sagte Sauerjohann, „man kann den Vögeln nicht glauben. Kurz bevor Du meine Zelle betreten hast, ist der Goldvogel davongeflogen. Dort hat er gesessen und sein Lied gesungen."

Der Wärter lachte nun etwas dünner und sagte lauernd: „Jetzt fehlt nur noch, daß Du behauptest, Dein Vogel habe ein goldenes Ei gelegt."

Sauerjohann tat erstaunt: „Ei, woher weißt Du das? Der Goldvogel hat tatsächlich auf dem Sims ein goldenes Ei gelegt." Er zeigte in die Sonne, die ihre Strahlen durch das Gitter schickte. „Es ist nur schade, daß ich keine Leiter habe, um es hereinholen zu können."

Ach Du goldenes Ei! Wie wurde der Wärter so eifrig. Er stellte die

Grütze beiseite, rückte den Tisch an die Wand und stellte einen Stuhl darauf. Dann bestieg er den Turm, sicher nicht nur, um nach dem goldenen Ei zu schauen.

Als der Wärter sich umdrehte, stand die Zellentür offen. Sauerjohann war nicht mehr zu sehen.

Goldvogelgeschichten sind Märchen für Kinder und Dumme. Und Dumme!

Aus den Kinderschuhen war der Wärter schon herausgewachsen.

Wie der Schorsch aus Schlitz dem Weigand den Goldvogel verkaufte

In Schlitz soll früher einmal ein Franzose gewohnt haben. Ein richtiger Franzose war er eigentlich nicht. Er war Hugenotte, ein Glaubensflüchtling. Das behauptete er wenigstens. Aber es werden wohl seine Großeltern gewesen sein, die durch die Rhone geschwommen sind. Er hat kein Französisch mehr gekonnt. Beim Parlieren schob er ein paar Brocken ein, damit man merken konnte, daß er ein Fremder war.

„Or" hat er geheißen. Auf Deutsch ist das „Gold". Das hat er noch gewußt.

„Das ist der richtige Name für ihn," haben die Leute gesagt. „Der kann aus Dreck Gold machen."

Der Schreiber auf dem Amt konnte kein Französisch. Der hat aus dem „Or" ein „Ohr" gemacht. Das paßte auch. Der „Ohr" war so helle, daß er das Gras wachsen hörte.

Mit Vornamen hieß er Georges. Auf hessisch spricht man das „Schorsch". Der Schlitzer Schorsch war aus dem Holz geschnitzt, aus dem man Millionäre macht. Daß er kein Millionär geworden ist, liegt nur daran, daß er nie über Lauterbach herausgekommen ist. „Nach Frankfurt hätte er machen sollen, da wär aus ihm was geworden," war die zutreffende Meinung aller, die den Schlitzer Schorsch kannten.

In Schlitz wohnte auch der Weigand. Dem war sein Hof aus Fett gebacken und die Wände mit Sahne gestrichen, und das Gold klebte ihm an den Schuhen. Das war ein Kerl aus einer Patsche, aus der man Millionäre kleistert.

Daß nicht einmal der Schorsch an ihm zum Millionär geworden ist, lag nur daran, daß der Weigand eine Frau und eine Mutter hatte, die höllisch aufpaßten, daß niemand allzuviel Kleister vom Weigand abkratzen konnte.

Weigand und Schorsch hatten schon manches Geschäft miteinander gemacht. Besser sollte ich wohl sagen, daß der Schorsch mit dem Weigand schon manches Geschäft gemacht hat; denn es war jedesmal der Schorsch, der das Geschäft dabei gemacht hatte.

Zuweilen äußerten Neider den Verdacht, der wachsende Wohlstand des Schorsch sei nicht allein auf dessen Geschäftstüchtigkeit zurückzuführen.

Schorsch gab ihnen augenzwinkernd recht. Er sagte: „Ei, wißt Ihr denn nicht, daß ich im Vogelsberg den Goldvogel gefangen habe? Der sitzt jetzt bei mir daheim im Käfig. Na, und daß der Goldvogel goldene Eier legt, weiß im Vogelsberg doch jedes Kind!"

Auch dem Weigand war zu Ohren gekommen, welches Vögelein beim Schorsch nistete.

„Kein Wunder, daß es beim Schorschen vorangeht," jammerte er, „wenn ich den Goldvogel hätte, brauchte ich auch den Kuckuck nicht zu fürchten."

Das mit dem Kuckuck war übertrieben. Viel Gewinn erzielte Weigand nicht. Aber seine Verluste hielten sich in Grenzen. Doch seine Frau wurmte es, daß sich ihr Mann bei Geschäften stets übervorteilen ließ. Sie hielt ihm vor, daß er ein rechter Jockel sei, dem die Dummheit aus den Augen glotze und die Dämlichkeit aus den Ohren liefe.

„Das Weib hat recht," sagte er zu sich, „wenn du nicht dumm wärst, hättest Du dem Schorsch seinen Goldvogel längst abgekauft."

Ein Schlauer mag denken: „Wie kann ein Dummer so dumm sein zu glauben, daß ein Schlauer so dumm sein könnte, einen Vogel zu verkaufen, der goldene Eier legt."

So dumm, wie man glauben mag, war das nicht. Jeder Mensch hat seine Begehrlichkeiten.

Das wußte der Weigand.

Wonach des Schorschen Herz gierte, das stand bei Weigand im Stall. Das legte keine goldenen Eier und war trotzdem reines Gold wert.

Weigands Zuchtbulle war weithin berühmt im Lande. Und der Weigand steckte Gulden und blanke Silbertaler ein für das, was der Bulle gerne tat.

Weigand kam sich schlau vor, als er ausstreute, sein Bulle sei unverkäuflich, aber er könnte es sich überlegen, ihn gegen einen Goldvogel einzutauschen.

Schorsch war viel zu schlau, sich dadurch verdächtig zu machen, daß er gleich angebissen hätte. Er erzählte überall in der Stadt, da müsse einer schon mit mehr als einem Bullen kommen, wenn er ihm seinen Goldvogel abschwatzen wolle.

Diesmal wollte sich der Weigand nicht von dem Ohr übers Ohr hauen lassen. Er blieb hart!

Und siehe da, der Schorsch erklärte sich nach einiger Zeit mit einem Tausch - Zuchtbulle gegen Goldvogel - einverstanden.

Er stellte aber eine Bedingung. Der Tausch sollte in aller Öffentlichkeit vorgenommen werden, damit keiner den anderen betrügen könnte.

Der Weigand wunderte sich zwar darüber, aber andererseits war er stolz, daß der Schorsch ihn offenbar für fähig hielt, ihm den Bullen an einem Fallstrick zu liefern.

Kein Markt hätte mehr Leute auf die Beine bringen können als das Tauschgeschäft von Weigand und Schorsch. Da fehlte nur die Blasmusik. Zum vereinbarten Zeitpunkt strömten die Leute selbst aus entfernten Ortschaften herbei.

Die einen wollten den sagenhaften Goldvogel kennenlernen, die anderen den berühmten Zuchtbullen sehen. Aber weit mehr Leute meinten, wenn der schlaue Schorsch und der einfältige Weigand in aller Öffentlichkeit ein Geschäft vollzögen, dann müsse das eine besondere Vorstellung geben.

Gab es auch!

Der Schorsch kam mit seiner ganzen Sippschaft, mit Verwandtschaft und Bekanntschaft. Vor sich her trug er den Vogel in einem Vogelbauer, den er mit bunten Bändern geschmückt hatte. Das war auch der einzige Schmuck, denn der Goldvogel selbst hatte sich, wie Ohr es auszudrücken pflegte, mit dem schmucklosen Gefieder eines Haussperlings getarnt.

Weigand führte den Zuchtbullen an einem Strick. Ihn begleiteten halbwüchsige Burschen, die recht unschmeichelhaft die Klugheit des Bauern mit der des Rindviechs verglichen, das er am Stricke hinter sich herzog.

Schorsch wiederholte noch einmal vor allen Leuten die Geschäftsbedingungen. „Der Sicherheit halber", wie er sagte. Durch Handschlag wurde der Tausch besiegelt und die Anwesenden als Zeugen des gegenseitigen Einverständnisses verpflichtet.

Dann griff Schorsch nach dem Seil, um den Bullen in seinen Stall zu bringen. Und er forderte den Weigand auf, den Vogel aus dem Käfig zu nehmen. Damit war der Weigand nicht einverstanden. Er verlangte den Vogel samt den Vogelbauer mit dem Einwand, zu dem Vogel gehöre auch der Bauer.

„Abgemacht ist abgemacht!" entgegnete Schorsch. „Du kannst jeden auf dem Platz fragen. Unsere Abmachung hat geheißen: Vogel gegen Bulle. Wenn aber zum Vogel der Bauer gehört, dann gehört zum Bullen der Stall!"

Die Leute pflichteten Schorsch bei. Da sei was Wahres dran. Wenn man nachdenke, habe der Schorsch recht.

Als Weigand zögerte, sagte Schorsch, er sei den Handel bereits leid. Obwohl alles seine Gültigkeit habe und durch Handschlag besiegelt sei, könne Weigand, wenn er wolle, von dem Geschäft zurücktreten. Für seinen Goldvogel bekäme er, der Schorsch, anderswo auch einen guten Bullen.

Wenn die Dummen schlau würden, dann wären die Schlauen die Dummen. Doch das kommt äußerst selten vor.

Der Weigand jedenfalls nutzte die Chance nicht. Er ging dem Schorsch wieder auf den Leim und bestand auf dem vereinbarten Handel. Er griff in den Vogelbauer und weil er tollpatschig war, kam es, wie man sich denken kann.

Der Vogel flog davon und mit ihm die Hoffnung auf viele goldene Eier.

Während der Weigand den ungelegten Eiern nachtrauerte, ließ der Vogel noch schnell etwas fallen, aber das war kein goldenes Ei. Das hinterließ auf Weigends schwarzer Weste einen weißen Fleck. Das ist aber allemale noch besser als ein schwarzer Fleck auf einer weißen Weste.

Enttäuscht rief Weigand hinter dem Flattermann her:,,Ich weiß nicht, warum man Dich Goldvogel heißt, wenn Du dem einen goldene Eier legst und den anderen - auf andere Weise beglückst -!"

Es gibt noch etwas nachzutragen. Wenn jemand besonders pfiffig, wir dürfen ruhig auch sagen, besonders gerissen war, sagten die Leute: Er ist wie der Schlitzer Ohr. Daraus entwickelte sich die Bezeichnung ,,Schlitzohr".

Heute ist dieser Begriff in unserem ganzen Vaterland, weit über Hessen hinaus, bekannt. Jeder weiß, was mit dem Wort gemeint ist. Aber nur wenige kennen seine Entstehung.

Ich versichere, daß nicht jeder Schlitzer ein Schlitzohr ist. Das kann man ja schon am Weigand erkennen. Doch heißt es bestimmt nicht ohne Grund:

> Ist jemand klug und zeigt er Witz,
> dann stammt er sicherlich aus Schlitz!

Schatzsuche

Wer sich auf Schatzsuche begibt, um einen Schatz aufzuspüren und zu heben, kann lange suchen, bis er einen findet.

Dabei werden jeden Tag Schätze gefunden, nach denen keiner gesucht hat. Viele Menschen haben in Kriegszeiten ihr Gold und Silber vergraben, nur zum Ausgraben sind sie nicht mehr gekommen, weil sie vom Feind vertrieben oder getötet wurden.

Es gibt auch jetzt noch genügend Leute, die glauben, ihr Geld sei auf der Bank nicht sicher, und es lieber zu Hause hinlegen, als es in der Bank anzulegen. Sie verstecken es in Ihrer Wohnung, in ihrem Keller oder auf dem Dachboden. Dann vergessen sie, wo sie es versteckt haben, und finden es nicht wieder. Manche vergessen sogar, daß sie es versteckt haben.

Wer das nicht glaubt, den lade ich zu einem Versuch ein. Überlege Dir zehn Verstecke in Deinem Hause, wo Du einen Schatz verbergen könntest. Dann nehme zehn 1 DM-Stücke, und verstecke sie an den von Dir ausgesuchten Stellen.

Dann setze Dich hin, und verfasse ein Schreiben, in dem Du die einzelnen Verstecke genau beschreibst. Dann verschließe und versiegele das Dokument, und vermerke im Kalender den Termin, an dem Du den Versuch eingeleitet hast.

Am besten wählst Du einen besonderen Tag, zum Beispiel Silvester, damit Du Dich leichter an ihn erinnerst. Denn genau nach einem Jahr solltest Du versuchen, Deine „Schatzverstecke" aufzuspüren. Du wirst Dich wundern! Aber Du brauchst Dich nicht zu ärgern; denn Du besitzt ja das Dokument mit der Auflistung der Verstecke, falls Du es nicht verlegt hast.

Ich habe einen Freund, der versteckt jedesmal, wenn er etwas Geld übrig hat, einen kleinen Betrag in seiner Wohnung. Er nimmt nur Münzen, weil er fürchtet, ein Schein könne aus Versehen im Papierkorb oder im Kamin landen.

Wenn er blank ist, begibt er sich auf Schatzsuche. Er behauptet, kein Schatzsucher, der auf einen Schatz gestoßen sei, könne sich glücklicher fühlen als er, wenn er fündig geworden sei.

Sicher meinen manche, ich würde übertreiben. Wenn jeden Tag ein Schatz gefunden würde, müßte man mehr darüber in den Zeitungen lesen können.

Die Zeitungen können nur das berichten, was sie erfahren. Würdest Du Dich etwa, wenn Du einen Schatz gefunden hättest, auf den Marktplatz stellen und ausposaunen: „He Leute, ich habe einen Schatz gefunden!"

Was meinst Du, wie schnell einer da wäre, der behauptet, Eigentümer des Schatzes zu sein oder doch wenigstens dessen Erbe.

Viele kennen auch die Rechtslage nicht. Weil dieses Buch kein Leitfaden für Schatzsucher ist, kann ich auch darauf nicht näher eingehen.

Kürzlich sind zwei Männer eingesperrt worden, die einen Schatz gefunden haben. Das hat sogar in der Zeitung gestanden. Die hatten Geldbomben mit nach Hause genommen, welche Bankräuber auf der Flucht weggeworfen hatten.

Was die Bankräuber betrifft: Da wurde neulich einer geschnappt, als er einen Tresor knackte. Als ihn die Polizei vernahm und er seinen Beruf nennen sollte, gab er an, Schatzsucher zu sein.

Wenn von Schätzen die Rede ist, bekommen die meisten Menschen ein Funkeln in die Augen.

In einer Unterhaltung habe ich einmal jemanden gefragt: „Wie würden Sie sich entscheiden, wenn Sie zwischen einem Schatz und einem Schätzchen zu wählen hätten?"

Da hat er mich mitleidig lächelnd angeschaut und geantwortet: „Das ist eine ziemlich dumme Frage. Wer den Schatz hat, der hat auch die Schätzchen!"

Wer teilt schon gern?

Neben den ganz gewöhnlichen alltäglichen Schätzen, die hier und da von denen und jenen, nur nicht von einem selbst gefunden werden, gibt es Schätze, die von Geheimnissen umwittert und durch Zauber geschützt sind.

Noch nichts von den Westerwaldräubern gehört?

Die gingen rüber und nüber, über die Grenzen, meine ich. Die Kutschen waren nicht sicher vor ihnen, und auch kein Kaufmannszug. Wer sich alleine auf den Weg machte, war auch verratzt.

Die Beutel der Überfallenen leerten sich, und die Truhe der Räuber füllte sich.

Wer teilt schon gerne? Räuber auch nicht!

Der die Truhe verwahrte, ließ seine Kumpane in eine Falle laufen. Die Gendarmen fingen die Vögel. Vor Gericht durften sie ein letztes Liedlein singen. Den letzten Reigen tanzten sie an einem Strick im Wind.

Doch einer grinste, als man sie vom Seile schnitt. Dem sprießten kleine Hörner an der Stirn. So einen läßt man laufen; denn weder Strick noch Stahl können ihm etwas anhaben. Und im Feuer lebt er wie ein Fisch im Wasser.

Jetzt wußte man, warum er immer einen Hut getragen hatte. Da packte den die Angst, der die Truhe verwahrte. Der dachte, er müsse die Gulden vor einem verbergen, für den das Gold nur Käse in der Falle ist.

In jeder Stadt findet ein Spitzbube einen anderen, bei dem er unterkriechen kann. Der Räuber glaubte, in Wetzlar sicher zu sein.

Aber seinen Schatz gedachte er im Klosterwalde zu verstecken. Doch als er die Grube zuschütten wollte, stand der mit den Hörnchen vor ihm. Der Räuber glaubte nun, daß er sein eigenes Grab geschaufelt habe.

Aber der mit den Knubbelchen am Schädel sagte nur: „Wie ist es Kumpan, willst Du nicht teilen?"

Zitternd vor Angst flehte der Räuber: „Nimm Dir die Hälfte, wenn Du willst, auch mehr! Nur laß mir mein Leben!"

„Das ist nicht die Art, in der ich teile," sagte der Gehörnte, „Du bekommst den Schatz, ich Deine Seele!"

„Wenn es weiter nichts ist," sagte der Räuber erleichtert, „auf diese Art teile ich gerne!"

Keck geworden, forderte der Räuber: „Du bist doch einer, der die Schwarze Kunst versteht, da kannst Du mir mein Gold auch sicher machen!"

Der Höllengenosse stach dem Räuber in einen Finger, ließ einen Tropfen Blut auf die Truhe fallen und sprach:

> „Gold gebannt vor jeder Hand!
> Öffne den Schlund,
> wenn verschlossen der Mund!
> In der Mitte der Nacht,
> wenn Wotan und Thor das Opfer gebracht."

Das muß man in einer Zeit, in der nur noch wenige die Geheimnisse des Zaubers kennen, näher erklären.

Nur in der Stunde vor der Mitte der Nacht, welche den Tag Wotans von dem Thors scheidet, läßt sich die Schatztruhe öffnen. Der Tag Wotans ist der Mittwoch, der Tag Thors der Donnerstag (Donars = Thors Tag). Sowie aber jemand ein Wort spricht, schließt sich die Truhe, und der Schatz versinkt wieder in der Erde.

Der Räuber hatte sich in Wetzlar eine angelacht, die zu ihm paßte. Seine Braut konnte sie nicht werden, weil sie einen Ring trug, den ihr ein anderer Spitzbube an den Finger gesteckt hatte.

Aber wenn Gold im Spiel ist, kommt es vor, daß die Frau ihr Herz öffnet und ihr Mann die Augen verschließt.

Der Räuber gehörte zu denen, die nicht gerne teilen, und er wollte die Frau ihrem Mann abspenstig machen. Deshalb prahlte er vor ihr mit seinem Schatz.

Sie verlangte, das Gold zu sehen.

Da sagte er ihr, der Schatz sei nur zur Mitternacht zwischen den Tagen Wotans und Thors zu heben.

Nun meinte die Frau, sie wisse genug, und lieferte den Räuber ans Messer.

Er mußte einsam im Winde schaukeln. Nur der mit den Hörnern winkte ihm zu. Er war gekommen, seinen Teil zu fordern.

Die Spitzbübin hatte gelobt, mit dem Spitzbuben Freud und Leid zu teilen. Sie konnte sich aber nicht erinnern, daß auch von einem Schatz die Rede gewesen wäre.

Als seine Frau nicht nach Hause kam, grämte sich der Spitzbube eine ganze Woche lang. In der Nacht von Mittwoch auf Donnerstag griff er nach Hacke und Schaufel.

Als er zur Mitternacht im Klosterwald die Truhe öffnete, lag auf dem Golde eine blutige Hand, und er wußte wohl, wem sie fehlte; denn an dem Finger saß ein Ring, den er selbst darangesteckt.

„Das ist Dir recht geschehen!" rief er.

Da schlug der Deckel der Truhe zu. Aber dem Spitzbuben gelang es noch, mit seiner Hand in das Gold zu langen. Nun würde auch er keine langen Finger mehr machen können!

Ich weiß, wo der Schatz zu finden ist. Aber es glaubt doch wohl niemand im Ernst daran, daß ich die Stelle verraten würde.

Warum ich nicht selber den Schatz hebe?

Die Hand, mit der ich grabsche, mit der schreibe ich auch!

Lichtzeichen

Die Zeiten sterben. Die Erinnerungen sterben. Die Geister sterben auch. Geisterleer sind die Stätten, an denen die Mitternachtsfeste gefeiert wurden.

Kein Kobold geistert im Gebälk. Und viele, die sich heute Hexe nennen, haben nie den Hauch eines Geheimnisses verspürt.

Nie waren die Heere der Hölle mächtiger als zu unseren Tagen. Höllenfratzen sind Alltagsgesichter geworden. Nur wenige erkennen den Fürsten des Feuers.

Menschen dienten ihm, warfen das Feuer vom Himmel und brannten die Menschen in Öfen.

Möge der Herr im Himmel die Macht ihm rauben, damit er nicht die Erde verbrennt.

Den Tagmenschen täuscht nicht das Irrlicht im Moorgrund. Und die wandernden Seelen finden uns nicht mehr.

Weit mußt Du wandern, tief in das Dunkel Deiner Seele, willst Du den Wesen der anderen Welt begegnen.

Der Spuk unserer Tage steht am Himmel. Er zuckt von Horizont zu Horizont. Es ist der Spuk, der die Nächte zerreißt. Lichter stoßen zur Erde und schießen ins All. Gleißende Blitze spalten die Sterne für Augenblicke, verhüllen mehr als sie erhellen.

Dieser Spuk soll von den Sternen stammen. Was immer es ist, wer immer sie sind, sie stehen uns ferner als die alten Geistwesen. Die kamen von innen. Sie kommen von außen.

Von ihnen kann ich nicht sprechen; denn mit ihnen habe ich nicht gesprochen.

111